その男、侵入禁止！
「んっ」
　唇を噛まれ、甘さもなく強引なキスをされる。
優しさも心地よさもない、蹂躙するようなそれに、
吐息を奪われて息が上がる。
開いた口の中に、シャワーの水が入ってくる。

その男、侵入禁止！

成宮ゆり

15867

角川ルビー文庫

contents

口絵・本文イラスト／桜城やや

いつもより早い時間に鳴りだした目覚ましのアラームを止め、恋人《こいびと》である緒方瑞希《おがたみずき》の腕《うで》の中から抜《ぬ》け出す。

脱《ぬ》ぎ散らかした服の中からゆるめのジーンズを拾って、唯一《ゆいいつ》身につけていた下着の上から穿《は》く。

夜中に切れた冷房《れいぼう》のせいで、じっとりと湿《しめ》った空気を追い出すために窓を開けた。

ついでに郵便受けの中の新聞と手紙を引き抜いて、佐伯敬介《さえきけいすけ》様と宛名《あてな》書《が》きされているハガキを確認《かくにん》する。来年入学を希望している大学から、オープンキャンパスの案内が来ていた。

「構内見学、入学相談会か。行ったほうがいいのか？」

仕事のスケジュールとオープンキャンパスの日時を照らし合わせようとして、今はそんなことを考えている時間がないと思い出し、ハガキを新聞の上に置いて急いでバスルームに向かう。

緒方が起きるより先にシャワーを浴びて、朝食の用意をするために冷蔵庫を開ける。

以前に緒方が持ち込んだ食べかけのプロシュートとアジアーゴが目に入った。

「サンドでいいか」

トマトとレタスも取り出して、ヤカンを火に掛《か》ける。パンをトースターに入れ、その間にサンドの具をスライスした。

焼けたパンの中央を包丁で裂《さ》こうとして、緒方のやり方を思い出す。

サイフォン用のアルコールランプに火をつけて、そこで包丁の刃《は》を炙《あぶ》る。充分《じゅうぶん》に熱されてからパンに刃先を入れると、少し焦《こ》げ目を付けながら綺麗《きれい》に切れた。

出来上がったサンドとサイフォンで淹《い》れたコーヒーをローテーブルに運ぶ。

まだ眠《ねむ》っている緒方を見ながら、初めて緒方に抱《だ》かれた時と同じ朝食のメニューだと気づく。

ベーグルにプロシュート、アジアーゴとトマトとレタスのサンドイッチ。

あのときは俺ではなく緒方が作ってくれた。場所も俺の部屋ではなく緒方の部屋だった。

まだあれから五ヶ月近くしか経《た》っていないが、色々ありすぎて随分《ずいぶん》前の事に思える。

「緒方さん、起きる時間だけど……」

まだ眠っている緒方の肩《かた》をゆっくりと揺《ゆ》さぶって、その顔を覗《のぞ》き込む。

「ん」

小さな声が緒方に似合わずかわいいと思いながら、何度か瞬《まばた》きをして開いた目を見つめる。

ぼんやりとした瞳《ひとみ》に、俺の姿が映り込む。

「敬介」

名前を呼ばれたと思った途端《とたん》に、先程《さきほど》まで横になっていたベッドに再び引きずり込まれた。

「わっ」

抱きしめたまま二度寝《にどね》しようとする緒方に抗《あらが》う。

寝起きが良い緒方にしては珍《めずら》しい。そういえば最近は忙《いそが》しくて睡眠《すいみん》時間が取れないと言っていた。

「起きないと、仕事遅《おく》れますよ」

まだ朝早いが、ここから警視庁までは遠いので、そろそろ起きなければならない。五ヶ月前迄《まで》は毎日この時間に起きて通っていたらしい。俺の横に住んでいた頃《ころ》は二、三時間程度しか眠らない日々が続いていたと聞いて驚《おどろ》いた。

それを考えると、緒方がどれだけ俺のために動いてくれていたのかが分かる。

俺達の出会いは四年前に遡《さかのぼ》る。刑事《けいじ》である緒方が潜入捜査《せんにゅうそうさ》の最中に路地裏の駐車場《ちゅうしゃじょう》で致命的《ちめいてき》な傷を負い、倒《たお》れていたところを助けたのが最初だ。それ以来今年の初めまでなんの接点も無かったが、緒方は四年前のことを片時も忘れなかったらしい。

「シャワー浴びるって言ってたじゃないですか」

そう言って腰《こし》に巻き付いた腕を解こうとするが、びくともしない。力ずくで拘束《こうそく》されているわけではないのに、外れる気配がない。緒方の方が少し背が高いが、体格はほとんど変わらないし、日々の肉体労働で俺の方が筋力的には鍛《きた》えられている筈《はず》なのに。

「緒方さん、……っ」

不意に首筋を舐《な》められる。びくり、と体が反応した。

金曜の夜から三日連続で求められた体が、忘れられない官能を思い出して震《ふる》える。

「や、め……」

唇《くちびる》は首筋から這《は》うように肩に移り、ざらりと無精髭《ぶしょうひげ》を感じた。右肩《みぎかた》の銃創《じゅうそう》に触《ふ》れる吐息《といき》が熱くて、折角《せっかく》シャワーを浴びたのに、再びじっとりと肌《はだ》が汗《あせ》ばみそうになる。

今年の三月に暴力団の抗争《こうそう》に纏《まつ》わる事件に巻き込まれ、右肩に銃弾《じゅうだん》を受けた。傷はとっくに塞《ふさ》がっている。その傷痕《きずあと》に緒方の唇を感じるのは、もう何度目か分からない。

柔《やわ》らかく愛撫《あいぶ》する唇の誘惑《ゆうわく》から逃《のが》れるために口を開く。

「朝食作ったんですけど……」

部屋に満ちるコーヒーの香《こう》ばしい匂《にお》いは、緒方の食欲《しょくよく》をそそっているはずだ。

肩から唇が離《はな》れる。駄目《だめ》押しのように言葉を付け足す。

「これ以上触《さわ》られたら、俺までしたくなるから放してください」

俺の出勤時間にはまだ余裕《よゆう》があるが、緒方にこんなことをしている時間はない。名残惜《なごりお》しいが、いつまでもこんなことをしている訳にはいかない。

「もう勃《た》っちゃいそうだから……」

恥《は》ずかしいのを堪《た》えて打ち明ける。とにかく早く退《ど》いて欲しかった。

敬介、と寝起きの掠《かす》れた色気のある声で名前を呼ばれ、離れた筈の唇が再び落とされる。

「離れて欲しいなら……、その台詞《せりふ》は逆効果だと思いますよ」

くすりと笑って緒方が俺の剝《む》き出しの背中を撫《な》でる。何か服を着ておけば良かったと思い、いやらしい触り方に耐《た》えるように体を硬くすると、緒方の携帯《けいたい》が鳴り始めた。

「邪魔《じやま》が入りましたね」

その言葉に、流されかけていた自分に気づいて慌《あわ》てて緒方の体から離れる。二人分の体重に耐えていた安物のベッドが恨《うら》みがましく、ぎしりと鳴った。

緒方はベッドから出ると、携帯を片手にコーヒーに口を付ける。

俺も同様にマグに手を伸《の》ばし、テレビの電源を入れる。フローリングの床《ゆか》にそのまま胡座《あぐら》を組んで座りながら、朝のニュース番組を横目にサンドに手を伸ばす。

「どういう事だ？」

しばらく相手の言うことに耳を傾《かたむ》けて黙《だま》っていた緒方が、先程までの甘い余韻《よいん》を吹《ふ》き飛ばすような不機嫌《ふきげん》な声を出す。眉間《みけん》に寄った皺《しわ》が緒方の内心を物語っている。

「……殺せないなら、相手が逃《に》げられないように足でも折っておけばいい。正体がばれないように立ち回るのが最優先だ。言い訳は考えておいてやる」

物騒《ぶっそう》な台詞を威圧《いあつ》的に口にする恋人を思わず見つめると、視線に気づいた緒方がさりげなく俺から距離《きょり》を取る。会話が聞こえないバスルームに向かう後ろ姿を見ながら、緒方が部下から〝鬼《おに》〟と呼ばれていることを思い出した。

「俺には凄《すご》く優《やさ》しいけどな」

しばらくして通話が終わったのか、水音が聞こえてきた。

シャワーを浴びて出てきた緒方はシェービングも済ませて、暑いのにきっちりとスーツのジャケットまで羽織っている。

「さっきのって仕事の電話ですか？」

「はい」

緒方はいつものように人好きのする笑顔《えがお》で微笑《ほほえ》む。その人畜無害《じんちくむがい》そうな笑顔と、先程電話に向かっていた時の表情が一致《いっち》しない。

普段《ふだん》の緒方からはあまり想像出来ないのだが、緒方は警視庁の組織犯罪対策第四課に勤務する刑事だ。

日頃《ひごろ》は暴力団を相手にしているので、時々乱暴な言葉遣《ことばづか》いをすることがある。

「おいしそうですね」

先程の電話の件に言及《げんきゅう》する前に、緒方は話題を変えた。

仕事柄《しごとがら》話せないことや、話したくないこともあるだろうから、俺は言葉を飲み込むようにベーグルに齧りつく。

普通《ふつう》のハムやベーコンよりも塩気の強いプロシュートが、もっちりとしたベーグルに合っている。トマトと柔らかいチーズの組み合わせも抜群《ばつぐん》に良いが、緒方にはゆっくり味わっている時間なんて無いようだった。

「朝から慌ただしくてすみません」

食事を終えて立ち上がった緒方に、コーヒーが入ったタンブラーを渡《わた》す。先日緒方には内緒《ないしょ》で二人分色違《いろちが》いで買った。使うのは今日が初めてだ。

「これ、持っていってください」

中身は先程のコーヒーと同じで、緒方の好きなハイローストのマンデリンだ。他《ほか》の豆よりも少し高めだが、緒方が好きだと知ってからは常備している。

「ありがとうございます」

緒方はそれを受け取ると、嬉《うれ》しそうに微笑む。

いつも変わらないメガネ越《ご》しの柔らかで優しい眼差《まなざ》しに見惚《みと》れていると、薄《うす》く開いた唇にキスをされる。

「行ってきます」

「あ……行って、らっしゃい」

声が上擦《うわず》り、それが面白《おもしろ》かったのか緒方がくすりと笑って部屋を出ていく。

新婚《しんこん》みたいだと思ってしまったのが恥ずかしくて、くしゃりと髪《かみ》を掻《か》き上げる。

でかい男二人で何が新婚だと、自分の発想に呆《あき》れる。

こんなやりとりは初めてじゃない。付き合ってまだ三ヶ月だが、こんな風に俺の家から緒方を送り出した事は何度と無くある。それでも未《いま》だに慣れないのは、きっと緒方のせいだ。

「俺、あの人のこと好きすぎる……」

ため息を吐《つ》きながらキスをされた時から高鳴っている心臓に手を当てて、今別れたばかりだというのに、忙しい緒方と会える次の週末へと思いを馳《は》せた。


真夏だというのに長袖《ながそで》の作業着を脱《ぬ》ぐと、それだけでほんの少し涼《すず》しくなる。その薄緑《うすみどり》色のジャケットを腰に巻き、タオルを首にかける。熱を持った皮膚《ひふ》の不快感に辟易《へきえき》しながら、機材を片付けてバンに乗り込む。

温度を下げて、風力を最大にしたエアコンの乾《かわ》いた空気が、一日中陽《ひ》に当たって火照《ほて》った体を冷していく。ひりつくように喉《のど》が渇《かわ》いていたが、ペットボトルの中はすでに空だった。

会社に着いたら外の自販機《じはんき》で冷えたスポーツドリンクを買おうと思いながら、窓の外を眺《なが》める。

夕方だというのにまだ陽《ひ》は落ちる気配がない。昼間よりはましだが、外は茹《う》だるような気温だ。ようやく八月に入ったばかりだから、当分この暑さとは付き合っていかなければならないだろう。暑さのせいで余計に体力が奪《うば》われる。腕《うで》時計のベルトの部分が少し緩《ゆる》くなった気がするのは、体重が落ちたせいだろうか。

文字盤《ばん》を眺めながら呟《つぶや》く。緒方との約束は九時だから、一度家に帰ってからシャワーを浴びる時間は充分《じゅうぶん》にある。

「五時半か……」

一週間ぶりに会う緒方のことを考えていると、バンが事務所に着いた。トラックに積んである機材を下ろして片づけるのは新人の役目だが、まだ慣れないので俺も手を貸す。今年入った新人は三人だけだが、すでに一人辞《や》めた。もう一人の茶髪《ちゃぱつ》も時間の問題だろう。今俺が手伝っている黒髪《くろかみ》の新人は、茶髪の方よりは持ちそうだが、精神面より体力面で問題がありそうだ。

「大丈夫《だいじょうぶ》か？」

暑気にやられてふらふらしながら機材を運んでいる新人に声をかけると、曖昧《あいまい》な顔で頷《うなず》かれる。

「無理するなよ」

そう言ってから俺は外の蛇口《じゃぐち》で手を洗い、傷んだ少し長めの前髪《まえがみ》を掻き上げて、裏のドアから事務所に入ってロッカールームに向かう。作業着のまま家から来たので、ロッカーの中に入っているのはショルダーバッグだけだ。

新人はロッカールームに入ると作業着を脱いで、普段着《ふだんぎ》に着替《きが》え始める。

自分も新人の頃《ころ》はそうだったが、次第《しだい》に着替えるのが面倒《めんどう》になって仕事後に用事があるとき以外は、家から作業着を着てくるようになった。

「お先」

新人に声をかけると、ぼそぼそとした声で「お疲《つか》れさまです」と返される。俺より三歳下の十八歳で高校を卒業したばかりだが、疲れているせいか覇気《はき》が無く、無口なので扱《あつか》いづらい。

背は俺と同じぐらい高いが、体は痩《や》せて薄い。筋肉の付いていない折れそうな体でこの暑い中を働いている姿を見ると、いつか倒《たお》れるんじゃないかと先輩《せんぱい》達が噂《うわさ》をするのも分かる。

受付の前を通りかかったとき、応客用のソファで先輩達がにやにやしながら顔を近づけて話していた。その姿を見て先週が給料日だったことを思い出す。

明日は休日だ。どうせまたその手の店に行くのだろう。

「お疲れさまでした。お先に失礼します」

声を掛《か》けて通り過ぎようとすると、先輩の一人に腕を掴《つか》まれた。

「佐伯、連れて行ってやろうか」

そう言って先輩は手に握《にぎ》ったクーポンらしきチラシを見せる。反対の手には精力剤《ざい》入りのドリンクが握られていた。今夜は〝やる気〟らしい。

「……いや、俺金ないんで」

それに、今日は緒方との予定がある。女性は嫌《きら》いじゃないが、今は緒方以外の人間に興味がない。それに一番上の姉が有名なキャバ嬢《じょう》だったおかげで、その手の店に夢が持てない。

「遠慮《えんりょ》すんな、たらし」

耳元で潜《ひそ》めて言われたその渾名《あだな》に、数ヶ月前に口を滑《すべ》らせたことを悔《く》やむ。緒方と付き合う前に、頻繁《ひんぱん》に夢精をすると打ち明けて以来、一部の先輩の間では「たらし」と呼ばれている。

夢精はこのところしていないが、今更訂正《いまさらていせい》しても定着してしまった渾名は覆《くつがえ》らないだろう。

「すみません、今日は用事があるんで……」

「あんだよ、デートとか言うんじゃねぇだろうな」

ぐいっと、手を引かれて断るための文句を考えた。確かにデートだが、素直《すなお》にそう言えば相手についてしつこく聞かれるのは目に見えている。

「よせよせ、佐伯なんか連れて行ったら女の子みんな持っていかれるぞ」

別の先輩の言葉を助け船にして、それとなく摑まれていた腕を外す。

「すみません。じゃ、お先です」

先輩が引き留めないうちにと足早に事務所を出るとき、事務員の笹川静香《ささかわしずか》が「お疲れさまです。これ副社長からです」と小さく微笑んで先輩と同じ精力剤入りのドリンクを渡してくれる。

「副社長から？」

「毎日暑いからばてないようにって言ってました」

「ありがとう」

貰《もら》った小瓶《こびん》はよく冷えていた。手にしているだけで、冷たくて気持ちがいい。

「おい、いつまでも無駄話《むだばなし》してないで、さっさと帰れ。用事があるんだろうが」

笹川を可愛《かわい》がっている先輩がそういって、犬でも追い払《はら》うように手を振《ふ》る。

「言われなくても帰りますよ」

笹川はうちの会社のアイドルだ。胸元《むなもと》まである髪は緩く巻いてあり、近づくといつも甘い匂《にお》いがする。仕事上のミスは多いが素直だし、いつも挨拶《あいさつ》を欠かさない。

そんな笹川が男臭《おとこくさ》い会社での唯一《ゆいいつ》の清涼剤《せいりょうざい》として、他の社員に愛されるのも道理だろう。

「お疲れ」

笹川にそう返したときに、彼女が着ている半袖のシャツの隙間《すきま》から、青紫《あおむらさき》の痣《あざ》が見えた気がした。笹川は注意力が散漫《さんまん》なところがあるから、どこかでぶつけたのかもしれない。

女性の肌《はだ》をじっと見るのも失礼なので、すぐに視線を外して事務所を出る。裏手にある駐車《ちゅうしゃ》場《じょう》で貰ったばかりのドリンクを一気に飲み干す。

甘いのにえぐみのある味と漢方の匂いが鼻をつく。

自販機《じはんき》横のゴミ箱に空き瓶《びん》を投げ入れて、原付に跨《また》がってエンジンを掛ける。

本当はもっと大きなバイクに乗っていたのだが、雨の日に事故って壊《こわ》して以来はこの原付に乗っている。大きいバイクを買う金もないし、燃費も良い。中古品だが結構気に入っている。

「前のバイクに未練はあるけどな」

四年前に血まみれの緒方を後ろに乗せて、不安と焦燥《しょうそう》に駆《か》られながら真夜中の道を走ったバイクだ。触《ふ》れた手の冷たさは今も覚えている。

あの時はまさかその相手に四年後に再会して、抱《だ》かれるなんて思っても見なかった。

自分が抱かれる側に回るなんて、あの頃の俺は考えも付かなかった。実際、今だって緒方以外の相手に抱かれる気はない。緒方は俺にとっての唯一の例外だ。

――こんなに好きになるとも思わなかった。

だけどそれは緒方も同じだったらしい。告白をされたときに「恋《こい》をするとは思わなかった」と言っていた。

その時のことを思い出すと、口元が弛《ゆる》みそうになる。

昔は誰《だれ》かにべたべたされるのが面倒で、特定の相手を作らなかったのに、今では逆にもっと構って欲しいと思っている。

緒方は一度忙《いそが》しくなるとメールや電話を滅多《めった》に寄越《よこ》さない。

そういう性格だと知っているが、放って置かれるのは寂《さび》しい。

「俺、変わったのかも」

抱かれる立場になったせいかもしれない。けれど立場が変わっても、女々《めめ》しい人間にはなりたくない。だから緒方から頻繁に連絡《れんらく》が来ないことを不満に思っても、口に出したりはしない。

鬱陶《うっとう》しいと思われるのは嫌《いや》だ。

帰宅してからシャワーを浴びて、服を着替える。はっきりと日に焼けた部分とそうでない部分が分かる体は、どこか間抜《まぬ》けに見えるが仕方ない。明日は休日だからと、勝手に抱かれることを予定に入れて、丁寧《ていねい》に体を洗っている自分が恥《は》ずかしい。

だけど会えばすぐに求められることも多い。汗《あせ》くさいまま抱かれるよりはましだ。

夏の熱気ですぐに乾くだろうと、ろくに体も髪《かみ》も拭《ふ》かずに畳《たた》んでいない洗濯物《せんたくもの》の中をあさる。

買ったばかりのTシャツと、少し派手な柄《がら》の半袖のシャツにジーンズを合わせた。

財布《さいふ》と携帯《けいたい》を持って外に出ると、会社帰りのサラリーマンの流れに逆流して駅に向かう。

電車に一時間ほど揺《ゆ》られて駅前の人混《ひとご》みをすり抜《ぬ》け、大通りをしばらく歩いて公園に面したビルの中に入る。

ビルの四階と五階に位置するこの居酒屋には、前にも緒方に連れてきて貰ったことがある。

和食をベースにした創作料理が売りの「わ庵《あん》」は雰囲気《ふんいき》のいい店だ。落ち着いていて格調高い外観から高そうに見えるが、値段は意外にリーズナブルで酒の種類も豊富だ。

受付のカウンターで緒方の名前を告げると、奥の個室に通される。緒方はまだ来ていない。

四人がけの真四角のテーブルの一辺に座り、メニューリストを眺《なが》めた。

廊下《ろうか》とは複雑に木を組み合わせた格子戸《こうしど》で仕切られている。部屋の様子は廊下から見えないが、格子戸の上には洋風のデザインを施《ほどこ》された欄間《らんま》があり、容易に音が聞こえた。

料理を適当に注文して待っていると、友人の高橋《たかはし》からメールが届く。

内容は東京に出てくるから飲みに行こうというものだった。

「今頃《いまごろ》かよ」

中学時代の同級生であり、現在は関西で暴力団の組員になっている高橋と再会したのは、三月の事件がきっかけだった。その時に一緒《いっしょ》に飯でもと話をしたが、高橋の仕事が忙しくなり、結局そのまま流れていた。

平日ならいつでも空いている、という旨《むね》を返信する。

高橋とのメールのやりとりが終わる頃、約束の時間を数分過ぎて緒方がやって来た。

「すみません、遅《おく》れてしまって」

緒方は相変わらず手を入れていない黒髪《くろかみ》にノンフレームのメガネをかけ、人好きのする笑《え》みを浮《う》かべている。背が高いのに威圧感《いあっかん》がなく、柔《やわ》らかな印象を受けるのはその微笑《ほほえ》みのせいだ。

「いや、俺も今来たところ」

緒方はくすんだ色のジャケットを脱《ぬ》いで、ストライプのネクタイを緩《ゆる》める。

役所の窓際《まどぎわ》でアームカバーをしているような印象を受けるが、いざ事件となれば陣頭指揮《じんとうしき》を執《と》る立場にいるらしい。こんな穏《おだ》やかな雰囲気の男に務まるのかと最初は思っていたが、前に自分を殺そうとした相手に緒方がキレたところを見て以来、その懸念《けねん》はなくなった。

恐怖《きょうふ》で金縛《かなしば》りに遭《あ》う、という体験は初めてだった。同時に、生まれて初めて人が殺される現場に立ち会いそうになった。人は見かけによらないとは、緒方のためにあるような言葉だ。

「お疲れさまです」

声を掛けると、緒方が横に座る。近づいた距離《きょり》にどきりとする。

「毎日暑いですね。少し痩せましたか？」

頬《ほお》に緒方の長い指が触れる。そんな些細《ささい》なことで緊張《きんちょう》した。

「毎年、この時期は一回痩せるんです」

「そうですか。仕事と勉強の両立で大変だと思いますが、体には気をつけてくださいね」

すっと指先が顎《あご》まで流れて離《はな》れていく。

「緒方さんこそ睡眠《すいみん》時間ちゃんと取ってくださいね」

離れていく指先にほっとしながら、その反面で惜《お》しいと思った。

触れられれば緊張するくせに、触れられなければ寂しく思う。

「明日も予備校ですか？」

「はい。夕方前には終わりますけど」

毎週土曜日は午前と午後で二コマほど小論文の講座に通っている。来年夜間大学の土木工学科を受験するためだ。高校を卒業して今の会社に就職した時は、自分が勉強し直すほどこの仕事に興味を持つとは思っていなかったが、道路を作る仕事は思いの外やりがいがある。

それでもこう毎日暑いとばてそうにはなるが。

「また女子高生に告白なんてされないでくださいね」

くすくすと笑いながら緒方が言う。

「いや、それは……ないです。普段《ふだん》は見知らぬ人に声を掛《か》けられることはないですから」

先日予備校の自習室で告白されたと緒方に話した。

『十月以降は受験に集中したいので、それまで付き合ってください』

そんな風に女子高生に告白されたと打ち明けると、緒方は「個性的な告白ですね」と笑った。

「みんな掛けたくても掛けられないだけだと思いますよ」

「そんなことないですよ」

黙《だま》っていると顔が怖《こわ》いと言われて、ろくに人が近づいてこない。だから女子高生から奇妙《きみよう》な告白を受けたときは、少し嬉《うれ》しかった。

告白はもちろん断ったが、緒方はその件にどう対処したのかは聞いてこなかった。

――全然心配してないのは俺のことを信頼《しんらい》してるからか？

仮にも、恋人《こいびと》が他《ほか》の人間に告白されたと打ち明けたんだから、少しは嫉妬《しっと》してくれるのではないかと期待していた。俺が緒方に夢中なのは筒抜《つつぬ》けなのだろうが、ポーズだけでも嫉妬して欲しかった。

「敬介は格好いいから」

含《ふく》み笑《わら》いで緒方が口にする。

「緒方さんに言われると嫌味《いやみ》にしか聞こえない」

メガネの向こうで優《やさ》しく笑っている緒方は、俺なんかよりもずっと整った顔をしている。

自分の顔の良さを自覚し、それを効果的に使う術《すべ》を知っている男は少しも動じない。

「嫌味のつもりはありませんよ」

柔らかな声と溶《と》けるような笑顔に、相手が意図的にそういう表情をしているのだと知っていても、思わず赤面してしまう。完全に手玉に取られてる。

会えない時間に想《おも》いが積もり過ぎて、会うとどうしたらいいのか分からない。

無意識にじっと見つめてしまうから、意識して視線を逸《そ》らす。

食事と酒が運ばれて来る頃《ころ》には、俺のぎこちない態度も少しはましになった。

腹も膨《ふく》れ、何杯《なんばい》目かの酒で酔《よ》いが回り始めて、会話が途切《とぎ》れる。

「そういえば……この間のは大丈夫《だいじょうぶ》だったんですか？」

聞いてはいけないだろうか、と思いながら口にする。

「この間？」

「仕事の電話で……もめてたみたいだから」

月曜日の朝に物騒《ぶっそう》なことを電話に向かって言っていたことを思い出したのか、緒方は一瞬《いっしゅん》だけ硬《かた》い表情を見せる。

「そうですね……まだなんとも言えませんね」

苦笑《くしょう》しながら緒方は視線を逸らす。

隣《となり》の部屋の団体客が帰るのか、廊下が騒《さわ》がしくなった。会話の内容は何が聞かれてはいけないのか自分では判断できなかったので、緒方の耳元に唇《くちびる》を近づけてトーンを落とす。

「緒方さん、また潜入捜査《せんにゅうそうさ》とかしてるんですか？」

四年前初めて会ったときもヤクザの組に潜入捜査中だった。警察の組織や階級制度はよく分からないが、緒方はその頃公安に所属していて、警察内部の裏切り者を突《つ》き止める任務についていたらしい。

「私が潜《もぐ》ることはないですね。部下に任せています」

息が掛かってくすぐったかったのか、緒方の肩《かた》が揺れる。

「前から気になっていたんですけど、もしヤクザに成り済ましているときに正当防衛以外で誰《だれ》かを殺さなきゃならない状況《じょうきょう》になったら、どうするんですか？」

潜入先で犯罪を犯《おか》す必要性に迫《せま》られたとき、どうやって逃《のが》れるのだろう。

それとも任務中は何をしても許されるんだろうか。イギリスの有名なスパイ映画のシリーズでは、主人公はいつもスパイアイテムを使ってやりたい放題だった。

「正当防衛以外の状況ですと……例えば人質《ひとじち》に取った無抵抗《むていこう》の人間を殺さなければならないような場合のことでしょうか？」

穏やかな口調で緒方が語るから、とても内容が物騒に思えない。

緒方の問いかけに頷《うなず》きながら、好奇心《こうきしん》からその先を促《うなが》す。

「いくら潜入捜査中で拒否《きょひ》すれば捜査官であるとばれて、自分の命が危険に晒《さら》されるとしても、無抵抗の人間を殺害することは許されません。私の知り合いの捜査官はそういう場合が来たら心臓発作《ほっさ》を起こしたと見せかけるために、普段から練習していましたね」

「え？」

「心臓発作を起こしている人間に、人は殺せないでしょう？　そういう不可抗力《ふかこうりょく》の言い訳を用意しておくんです。知り合いの捜査官の中には、わざと車に当たって重傷を負ったふりをしてその手の命令を回避《かいひ》した者も居ます」

わざと車に当たるなんて、結構勇気が要《い》る。

「警官って本当に大変なんですね」

俺が言うのもなんだが、大変な仕事だ。数え切れない過去の悪行で手を煩《わずら》わせたことを反省したくなる。

「一部の腐《くさ》った警官以外は」

にっこりと緒方が微笑む。仕事の愚痴《ぐち》は滅多《めった》に零《こぼ》さない緒方にしては珍《めずら》しい。

「先日の電話でも、今と同じ事を部下から尋《たず》ねられました」

「あれって、そういう電話だったんですか」

相手を殺さずに足を折れ、と言っていた。緒方の部下が現在どういう状況下《じょうきょうか》にいるのか分からないが、過酷《かこく》な状況にいることは間違《まちが》いなさそうだ。

「大丈夫なんですか？」

「危険が及《およ》ぶ前に離脱《りだつ》させます。かつての私のように……上の命令を無視して致命傷《ちめいしょう》を負うような、そんな無能な刑事《けいじ》は部下にしません」

緒方の声に少し苦いものが滲《にじ》む。

四年前の事件の事か、それとも他の事件のことを言っているのか分からなかった。

緒方は時々過去の自分のことを卑下《ひげ》するが、俺は昔の緒方が無能な刑事だとは思えない。危険を顧《かえり》みずに単身で人質の子供を救い出した男を、そんな風に言うのは間違っている。

「俺は、すごく格好良かったと思うけど」

緒方はそれを聞くと意外そうに眉根《まゆね》を寄せる。

俺はあの事件の背景を緒方ほど詳《くわ》しくは知らない。緒方はもしかしたら上司の命令を無視して救助に当たったのかもしれないし、タイミングが悪ければ子供と一緒《いっしょ》に無駄死《むだじ》にしていたかもしれない。けれど何もしなかった刑事よりも、ずっと優秀《ゆうしゅう》で勇気がある。

「昔の緒方さん、四年前に一度見たきりだけど……同じ男としてすごく格好良《い》いって思う」

少し驚《おどろ》いた顔をしてから、ふっと緒方が笑った。

「あなたがそう言うなら、少しぐらいは昔の自分も好きになれそうです」

「昔の自分って、確かに受け入れづらいのは俺も分かるけど。緒方さんは俺なんかとは全然違うんだから、少しなんかじゃなくてもっと認めてやってもいいと思う」

馬鹿《ばか》なことを繰《く》り返していた過去の自分は俺だって好きじゃない。だけどあの頃を否定するつもりはない。あの頃の自分があったから、今の自分があると思えるからだ。

「緒方さんて金髪《きんぱつ》にすると今よりも若くみえるよな。もうしないんですか？」

初めてあった時に金髪だった髪《かみ》に指先で軽く触《ふ》れる。染めたことなんてないような艶《つや》やかな黒髪《くろかみ》は、俺の傷んだ髪とは違って手触《てざわ》りが良い。

「流石《さすが》にそこまで若作りするのはどうかと思いますよ」

声を立てて緒方が笑う。つられて笑った。

実年齢《じつねんれい》と見た目の年齢が著《いちじる》しく反していることに関しては、一応自覚しているようだ。

緒方に触れられるのは緊張《きんちょう》するが、自分から触れる分には問題ない。わざと耳の輪郭《りんかく》に指先を掠《かす》めて髪から手を放す。内緒話《ないしょばなし》をする必要がなくなって、寄せていた体も元に戻《もど》した。

すると緒方の手が、俺の足の内側に這《は》う。思わずびくりと体が過剰《かじょう》に反応した。

「緒方さん」

窘《たしな》めるように名前を呼んで緒方の顔を見ると、顔色すら変えずにもう片方の手で青硝子《ガラス》の猪《ちょ》口《こ》に口を付けながら酒を飲んでいる。穏《おだ》やかな眼《め》にぶつかると、こんなことで反応している自分の方がはしたないような気がしてくる。

「んっ……」

手が段々と体の中心に近づき、思わず漏《も》れた自分の声にはっとして、緒方の手首を摑《つか》む。

「こんなところで、変なことしないでください」

緒方の僅《わず》かに浮《う》かんだ口元の微笑《ほほえ》みがぞくりとするほどいやらしくて、落ち着かない気分になる。

「変なこと？」

優《やさ》しい声音《こわね》が頬《ほお》に触れる。

「どんな？」

笑うように言ってから、緒方の手が俺の拘束《こうそく》を逃れる。

普段《ふだん》は優男《やさおとこ》にしか見えないのに、服の下には機能的な筋肉が付いていて、緒方がその気になれば俺は簡単に動きを封《ふう》じられてしまう。力でも敵《かな》わないが、何よりも優しげな眼差《まなざ》しが最大の武器だ。

けれど廊下《ろうか》からは店員や客の足音がするし、背後の個室からも楽しそうな笑い声が聞こえてくる。見えないだけで声は届くのだ。

そんな場所で緒方に触れられても困る。触れられる事が嫌《いや》じゃないから余計だ。

「敬介」

返事を催促《さいそく》するように唇に緒方の舌が触れた。そのまま浅くキスをされる。

その舌が僅かに甘く熱いのは、緒方が先程《さきほど》飲んでいた酒のせいだ。その味を確かめるように舌を伸《の》ばすと、緒方の舌が入り込んでくる。

「ん……」

キスに夢中になっていると、再び緒方の手が体《からだ》に触れた。足の内側を服の上から触り、そのまま体の中心をなぞるように這って、シャツの中に入った掌で直《じか》に肌《はだ》に触れられる。

腹筋の上を撫《な》でられ、思わずびくりと肩が揺《ゆ》れた。

「っ」

逃れようとしても、知らないうちに背中に回された緒方の腕《うで》が邪魔《じゃま》をする。

「ぁ」

長い指が胸の先をいじる。痺《しび》れるような快感が触れられている場所から体中に広がっていく。

硬くなり始めたのが自分で分かった。それを確かめるように指の先で潰《つぶ》される。

「っ……緒方さん」

咎《とが》めるために名前を呼ぶ。それでも胸を弄《いじ》る手も背中に回された腕も離《はな》れない。熱が籠《こ》もり始めた体が嫌で、緒方の腕を掴んで睨《にら》むように見上げる。

「一度出しておきますか？」

楽しそうにからかってくるのがむかつく。

「ここじゃ嫌だ」

出来る限り毅然《きぜん》とした態度で言った。

自分が過剰な反応をしているのは分かっている。でも元はといえば全部緒方のせいだ。緒方の指先がいやらしいから、少し触れられただけで簡単に火がついてしまう。

緒方は「そうですね」と笑った。

酒はまだ残っていたけどもう既《すで》にそんな気分ではなくて、促されるままに立ち上がって店を出る。シャツで膨《ふく》らみかけた股間《こかん》を誤魔化《ごまか》しながら、ぎこちなく歩く。

「割り勘《かん》で」

レジの前で財布《さいふ》を出しながらそう言うと、緒方は苦笑《くしょう》する。

「クレジットカードなので、気にしないでください」

「でも、女じゃないんで」

「男同士でも……こういうときは、年長者におごられておくものですよ」

緒方がそう言い終わると、タイミング良く店員が来て精算する。

店を出て、通りかかったタクシーを停《と》めて乗り込むときに、腕が触れた。そんな些細《ささい》な接触《せっしょく》すら意識している自分はどこかおかしい。

普通《ふつう》は付き合って三ヶ月も経《た》てば少しは落ち着くはずだ。なのに一向にその気配がない。付き合っている期間のわりに会える回数が少ないからなのだろうか。

週末は一緒に過ごせるが、緒方の仕事が忙《いそが》しくなると二、三週間放置されることもある。他《ほか》の人たちもこんな感じなのだろうか。緒方以外とは誰《だれ》とも付き合ったことがないから、よく分からない。寂《さび》しいとか会いたいとか、そういう気持ちをどうやってみんな我慢《がまん》しているんだろう。

乗り込んでから、緒方は運転手に自宅の住所を告げた。

いつもはそのままホテルに行く。だから今日もタクシーでビジネスホテルまで行くものだとばかり思っていた。

「緒方さんの家に行くの、初めてですね」

「忙しくてあまり帰宅できないので、散らかっていますけど」

運転手から見えない角度で手を繋《つな》いで、窓の外に視線を向ける。

国道を越《こ》えてから緒方が道筋を説明し始めたのを聞いて、家が近づいたのだと知る。

中途半端《ちゅうとはんぱ》に触れられた体が期待して、掌《てのひら》が汗《あせ》ばむ。それをジーンズで拭《ぬぐ》っていると、車が停まった。

繋いだ手を離して一足先に降りてから、腕時計に視線を落とす。これから緒方の家に寄って帰るとなると、終電の時間に間に合わなくなりそうだった。

「今日って、泊《と》まってもいいんですか？」

帰れと言われても落胆《らくたん》しないでいようと決めて尋《たず》ねる。

「帰りたいと言っても帰す気はありません」

緒方はいつもの穏やかな笑顔《えがお》で微笑む。

赤面する顔をあまり見られたくなくて、足早にマンションに近づく。

黒い高層マンションは威圧感《いあっかん》があった。オレンジの木目調のドアが入り口のようだが、取っ手もなければ、近づいても開かない。自動ドアのセンサーが不感症《ふかんしょう》なのかと、一度下がってから再び近づいたが、今度も開く気配がない。

「鍵《かぎ》にセンサーが埋《う》め込まれてるのでこれがないと開かないんです」

近づいてきた緒方が、自宅の鍵を取り出して見せる。

最近車でもハンズフリーでロックを解除できるタイプのものが出回っている。家の鍵でその機能があるのは初めて見たが、もしかしたら俺が疎《うと》いだけで一般的《いっぱん》なのかもしれない。

鍵のセンサーに反応してスライドして開いたドアの向こう、ゆったりとしたエントランスは高級感に溢《あふ》れていて気後《おく》れする。明るく天井《てんじょう》の高いホールにはコンシェルジュが待機していて、緒方を見ると「お帰りなさいませ」と頭を下げた。

緒方は彼の前を通り過ぎるときに俺を指して「これから頻繁《ひんぱん》に訪《おとず》れることになると思うので、顔を覚えておいてください」と口にする。

「畏《かしこ》まりました」

微笑を浮かべたその男に俺は小さく頭を下げてから、緒方の後を追ってエレベーターに近づく。既に到着《とうちゃく》していたエレベーターに緒方と共に乗り込む。階を指定すると振動もなくスムーズに上昇《じょうしょう》する。

軽《かろ》やかなベルの音を立ててドアが開く。緒方の部屋はフロアの一番端《はし》だった。俺の隣《となり》の部屋に住んでいた時も角部屋だった。

緒方に促《うなが》されるように部屋に入る。背後で閉まったドアは、自動でロックがかかった。

ガチャリと音がしたのを聞いた途端《とたん》に、引き寄せられて唇《くちびる》が塞《ふさ》がれる。

強引《ごういん》に腰《こし》を抱《だ》かれて、治まり掛《か》けていた熱が再び灯《とも》りはじめた。

「……ぁ」

身を捩《よじ》るとそのままドアに背中を押しつけられた。

入り込んできた舌の熱さに、煽《あお》られていたのは自分だけではないと知る。

それでもいつだって緒方の指に翻弄《ほんろう》されるのは俺の方だ。だから少しぐらい挽回《ばんかい》したくて、再び口付けを求めてきた緒方の唇を挑発《ちょうはつ》的に舐《な》めた。

「ベッドでしませんか？」

余裕《よゆう》を見せるように笑みを刻んで口にして、緒方のメガネを奪《うば》う。すると緒方は俺の内心を全《すべ》て分かっているかのように、ぞっとするほど官能的な笑みを浮《う》かべた。

「望み通りベッドで嫌になるぐらい、愛してあげます」

初めて入った緒方の部屋を見る余裕も、ましてやシャワーを浴びる余裕もなく、奥の寝室《しんしつ》に連れて行かれる。ダブルより大きいベッドの上に押し倒《たお》されて、自分から脱《ぬ》ぐ前に緒方の手で脱がされた。

性急な手つきは、強く求められているようで嬉《うれ》しい。

もう既に勃《た》ちあがりかけている場所を嬲《なぶ》られ、首筋に歯を立てられた。

「ンっ」

頸動脈《けいどうみゃく》の上あたりを歯が掠《かす》めると本能的な恐怖《きょうふ》を感じたが、与《あた》えられる快感に誤魔化されてしまう。すぐにペニスが硬《かた》くなって反り返った。期待しすぎる体。もう息が乱れ始める。

「緒方さん」

緒方の唇が鎖骨《さこつ》の窪《くぼ》みを辿《たど》り、そのまま胸に這《は》う。

揉《も》みしだくように筋肉がついた胸に触《ふ》れられ、その先を舐められる。

「あ、ぁ」

無意識に作った拳《こぶし》の手の甲《こう》を口に押し当てる。

そんなところが気持ちいいと感じる自分の体が未《いま》だに信じられずに、目をきつく瞑《つぶ》った。緒方の手で作り替《か》えられた体が、従順に快感を拾い上げる。

緒方の手が背中を滑《すべ》り、腰を這い、尻《しり》を揉む。掌で筋肉を解《ほぐ》すように触れられ、緒方を受け入れることになる場所を指先が掠めた。

「ン、……や」

かすかに耳元で緒方が笑う。

「嫌《いや》なら、止《や》めましょうか？」

意地悪な台詞《せりふ》とともに、緒方の手が遠ざかる。肝心《かんじん》なところは前も後ろも触れられないまま、背中を撫《な》でられ、肩《かた》の傷に何度も口付けられた。

「緒方さん」

肩の傷口を甘噛《あまが》みされ、舌先でゆっくりと何度も舐められる。それだけで体が震《ふる》えた。

「これも、嫌ですか？」

肩から唇が離《はな》れていく。嫌じゃないと知っているくせに、そんな風に聞いてくる。

「嫌じゃない」

そう口にすると、髪《かみ》の上から耳に口付けられる。

「じゃあ、どうして欲しいか教えて」

わざと恥《は》ずかしいことを言わされるのは、これが初めてじゃない。

俺だって自分が抱く時は卑猥《ひわい》な台詞を相手に強要することもあった。だから緒方の気持ちも分からなくはないが、卑猥な言葉は出来るだけ口にしたくない。

それでも何も言わなければ本当に何もして貰《もら》えないというのは、経験上知っていた。

「……触《さわ》って」

掠れた声でそれだけ言った。

「じゃなきゃ、俺が……襲《おそ》う」

これ以上何か恥ずかしいことを言わされる前に言葉を続ける。

「それも、楽しそうですね」

「え？」

まさかそう切り返されるとは思わなかった。

緒方が俺を抱いたまま体勢を入れ替える。緒方の胸の上に乗るような形になって、焦《あせ》っていると唇を塞がれた。いつものように舌を絡《から》められ、吸われる。

緒方が唇を離した時、思わず名残惜《なごりお》しくて追いかけた。けれど緒方は笑みを浮かべて「襲うんじゃなかったんですか？」と口にする。

「襲ってる」

緒方のキスに翻弄されて自分の言葉を忘れていたが、意地を張るように言った。

緒方がくすりと笑う。それに挑発されて、俺は一度体を起こして緒方の体を跨《また》ぐ。

「俺をけしかけるなら……本気でやるけど、いいんですか？」

「どうぞ」

余裕の笑みを浮かべて緒方が言うから、男のプライドも相まって本気で緒方の体を陥落《かんらく》させようと、ペニスに手を伸《の》ばす。もうすでに勃ちあがっているその欲望《よくぼう》を、服の上から掌と指の股《また》で擦《こす》る。

「硬くなってる」

ファスナーを下ろして取り出す。手で扱《しご》きながら、シャツの隙間《すきま》から見えた脇腹《わきばら》の傷口に唇で触れる。俺の体にも傷はあるが、緒方の体にもいくつか酷《ひど》い傷痕《きずあと》がある。中でも目立つのは脇腹だ。斜《なな》めに走るその傷は四年前に付けられたものだと聞いた。

引き攣《つ》れた皮膚《ひふ》を辿るように舌を伸ばす。

大事に至らなくて良かったと、今更《いまさら》ながらに思う。あのとき、あの場所にバイクを停《と》めて置いて良かった。そうでなければ、あのまま緒方は人知れず死んでいたかもしれない。潜入捜査《せんにゅうそうさ》官《かん》として仲間を危険に晒《さら》さないために、自分の正体を明かさないままで。

そう考えたら堪《たま》らずに、緒方の唇を再び求める。

「ん……ン、はぁ」

唇を合わせながら、手を動かす。硬くなるペニスに、体の奥が疼《うず》く。

唇を離して、手の中の欲望に視線を落とす。

早く奥まで挿《はい》ってきて欲しい。

「凄《すご》くやらしい顔してますよ」

不意に前髪《まえがみ》を掻《か》き上げられる。物欲《ものほ》しげな顔を見られていたと気づいたら、俺のペニスからとろりとガマン汁《じる》が零《こぼ》れる。

零れたそれを緒方の指がすくい取って、窘めるように胸の先になすりつけた。

「っ……ン」

硬くなったペニスから手を離す。上になったまま自分で穴を開くために指を舐めた。

人差し指と中指を濡《ぬ》らして、短いほうから中に埋《う》める。緒方の顔を見るのが恥ずかしいから、目を瞑りながら指を動かす。

「っ…ァ…あ」

自分でやると長さが足りない。少し慣れたところでもう一本の指を入れた。シーツに手を突《つ》いて、前かがみになった体勢のまま、自分のそこが濡れた音を立て始めたのを聞く。熱を持って、爛《ただ》れていくのが分かる。欲しがるように、中が勝手に動き始めた。

「んっ」

緒方の前でこんなまねをすることに抵抗《ていこう》を感じないわけじゃないが、いつも良《い》いようにされてばかりだから、今日ぐらいは主導権を握《にぎ》って緒方を焦《じ》らしたい。

「んん」

勃ちあがったペニスを擦《こす》り付けるように腰《こし》を動かすと、緒方の息が少し荒《あら》くなった。擦り合わせるたびに、零れたガマン汁が緒方のペニスを濡らしていく。エラの張った部分が触れ合うだけで、背中がぞくぞくする。

「あ、あ、……アッ」

前を触れ合わせて後ろを慣らすことに夢中になっていると、不意に緒方の長い指がゆっくりと尻を撫でて、俺の指が入り込んでいる場所に触れた。

「ぁ、何?」

思わず目を開けると、緒方の強い視線とぶつかる。ずっと顔を見つめられていたのだと知って、ぎゅっと体の奥が窄《つぼ》まるのが分かった。緒方の指が俺の指と一緒《いっしょ》に入り込んでくる。

「っ……ふ……」

「女みたいに柔《やわ》らかくなってますね」

女性と比べられるのが切なくて、思わず唇《くちびる》を噛む。それでも期待に震える体は緒方を求めていて、入ってきた指を美味《うま》そうに何度も締《し》め付ける。

「ん……っ、今日は自分で、するから……っ……」

緒方の指が引っかくように曲げられる。中に入れていた自分の指を思わず抜《ぬ》くと、そのまま前立腺《ぜんりつせん》のあたりを弄《いじ》られて、嬌声《きょうせい》を上げてしまう。

「自分で……、する」

震える声で再度抗議すると、一度指がぐるりと内側を撫でた。

「や…だ…っ」

指がずるりと抜かれ、その途端《とたん》に腰が崩《くず》れそうになった。思わず両手をシーツに突く。自分と緒方の濡れた指が視界に入り、顔が赤くなる。

緒方はそんな俺を見て、小さく笑う。

その余裕《よゆう》が経験の差のような気がして悔《くや》しくて、軽く睨《にら》んでから緒方の硬《かた》くなったものに、手を伸ばす。穴を開きながら、緒方のペニスを支えて腰を落とした。

「ん……んっぅ」

開いた場所に触れた瞬間《しゅんかん》、緒方のそれがより硬くなった気がする。

「ふっ、ぁ、あっ」

少し入れただけで、とろとろとガマン汁がこぼれる。このままでは入れた瞬間にイッてしまいそうで、快感をごまかすように腰を一度浮《う》かせた。

それから再び腰を落として、ゆっくりと受け入れる。

「あっ、う」

しかし中程《なかほど》まで受け入れた時に、ぐいっと緒方の腰が押しつけられて、いきなり最奥までずっぷりと埋め込まれた。

「――――っ」

一瞬《いっしゅん》、体がびくっと硬直《こうちょく》してから、堪《た》えていた絶頂を迎《むか》えてしまう。

「ふ、……っ」

息の仕方が分からなくなるほどの快感に、喉《のど》がひくついた。俺の精液が緒方の体を汚《よご》しているのを見ながら「自分でするっていったのに」と口にする。

いきなり動いたりするから、こんな風に達してしまった。

「襲うのはもうおしまいですか?」

折角《せっかく》の機会なのに残念です、と少しも残念そうじゃない顔で言う。まだ体の中に入っているものは硬いままだ。けれど、このまま動かれたらおかしくなってしまう。

「瑞希の、せいだろ」

一度抜こうとすると、腰をつかまれてズン、と再び奥まで突き上げられる。

「っ」

絶頂を迎えたばかりで、敏感《びんかん》すぎて辛《つら》い。知っている癖《くせ》にわざと激しく突き上げてくる。

ひどい、と思わず涙《なみだ》の滲《にじ》んだ目で見下ろした。

緒方は口元に笑《え》みを浮かべたままだ。けれどその目は笑っていない。鋭《するど》い情欲《じょうよく》を突きつけるような視線に射貫《いぬ》かれて、余計に体が熱くなる。

緒方の太く長いペニスで体の一番深いところを突かれて、受け入れているその場所が痙攣《けいれん》するように震《ふる》えるのが自分でも分かった。

「あ…ん…っ」

緒方の体の上で、ただその熱を受け入れることしかできない。肘《ひじ》も腰も力が抜けて、起きあがれない。そんな俺を見て緒方は口元に笑みを浮かべ、繋《つな》がったまま体勢を入れ替《か》えて、俺の体を再びベッドに押し倒《たお》す。

「ひっ」

襲《おそ》うと言ったのにろくに何も出来ないうちに、主導権は緒方の手に戻《もど》った。いや、もともとそれはずっと緒方のものだったんだろう。

汗《あせ》が滲んだ肌《はだ》に、緒方の掌《てのひら》が滑《すべ》る。大きく広げられた足を抱《かか》え直され、そのまま強引《ごういん》に何度もピストンされると、快感をどう逃《に》がせばいいのか分からなくなる。

だから全部残らず体の奥で受け止めてしまう。

「ン、あ、あっ、…あ」

少し乱れた緒方の前髪が揺《ゆ》れるのを見ながら、声を漏《も》らす。

達したばかりの体はいつもより敏感で、小さな快感でもさざ波のように全身に広がっていく。

「やっ」

自分が出したと思えないほど高い声が漏れた。

女みたいな声だと思ったら余計に恥《は》ずかしくなって、奥歯を食いしばる。過去に自分が抱《だ》いた連中と比べても、俺の声はやけに媚《こ》びて聞こえる。恐《おそ》らく緒方の耳にもそう聞こえているんだろう。

「敬介」

声を堪えていることに気づいた緒方が、唇に指先で触《ふ》れる。

開かない唇を戒《いまし》めるように、その指先が胸を辿《たど》る。上を向いた乳首《ちくび》を指先で執拗《しつよう》にいじられて、思わず身を捩《よじ》る。そうなると穿《うが》たれる角度が微妙《びみょう》に変わって、また声が漏れそうになる。

「かわいい」

緒方はよく「かわいい」と口にする。それが未《いま》だに慣れない。

何度も緒方に言われた台詞《せりふ》に、目元が染まるのが自分でも分かった。

「それ……いやだって」

自分がかわいくないのは、誰《だれ》よりも俺自身がよく分かっている。人並み以上の身長と、仕事で筋肉の付いた体は一番その言葉と程遠い。もともと顔の造りもきついから、かわいいなんて台詞を俺に向かって口にしたのは、緒方以外では家族だけで、それももう十年以上昔の話だ。

「んっ…う、うぁっ」

揺さぶられる度《たび》に肉のぶつかる音と、濡《ぬ》れた音が聞こえる。俺の部屋の安物とは違《ちが》って、ベッドはきしまなかったが、スプリングが大きく弾《はず》んでいるのが分かった。

「ひ……ぁあっ」

貫《つらぬ》かれたまま、反り返るペニスを緒方の手で慰《なぐさ》められる。

直接触れられると誤魔化《ごまか》しがきかない。すぐにでも達しそうになって、首を振《ふ》ってその手を拒絶《きょぜつ》した。

「瑞希」

懇願《こんがん》するように名前を呼ぶ。

「……したら嫌《いや》だ、触《さわ》っちゃ……っ」

突《つ》き上げられながら握り込まれて、穿たれるたびに掌と擦《す》れて快感が生まれる。

あの綺麗《きれい》な指が触れていると考えるだけで、だらしなく開いたペニスの先から半透明《はんとうめい》に濁《にご》った淫液《いんえき》が滲み出る。

緒方の指がそれを塗《ぬ》り込めるように先を弄ったから、出したばかりなのにまたいきそうになる。

「っ……や、だ」

甘えたような、掠《かす》れた声が漏れる。

「も、いく……っ…」

ちらつく限界に怯《おび》えるように緒方の背中にしがみついた。

「敬介」

名前を呼ぶ掠れた低い声に、背中がぞくりと震える。思わず体の中を締め付ける。

「っ」

息を呑《の》み、眉《まゆ》を寄せる緒方の顔を盗《ぬす》み見た。

ふっと、緒方が柔《やわ》らかな表情で微笑《ほほえ》む。そんな優《やさ》しい眼差《まなざ》しに胸が甘く痛んだ。

「……ん」

ゆっくりと下唇《したくちびる》を挟《はさ》むように愛撫《あいぶ》されたあとで、舌が入り込んでくる。優しいのにやらしくて、もどかしいのに癖になりそうなキスだった。

「好き」

吐息《といき》の合間に呟《つぶや》く。何度も口にした言葉だが、言い足りない気がした。

すき、ともう一度呟きながら射精する。自分の掌で精液を受け止めると同時に、体の奥で緒方の熱も受け止める。

どくどくと注ぎ込まれる緒方の熱が体に移り、射精したのに体の火照《ほて》りが治まりそうにない。

無意識に緒方の体に足を絡《から》めて、まだ中にあるペニスを断続的に締め付けてしまう。

「くっ……ぁ、ん」

緒方が少し身じろぎするだけで、それが快感に変わる。

「かわいい」

小さなことで反応してしまう俺をみながら、緒方がいやらしく笑う。

かわいい、と言われるのが嫌で咎《とが》めるために口を開くと、遮《さえぎ》るように緒方に再び口付けられた。先程よりも激しいキスに頭がぼうっとする。

上顎《うわあご》を舐《な》めあげられると、それだけでまた硬《かた》くなりそうになる。舌を吸われ、口の中を舐められ、されるが儘《まま》に溶《と》かされていく。

「……んっ」

緒方が右肩《みぎかた》の傷の上に唇《くちびる》を押しつけ、ねっとりと舐めあげた。

もう塞《ふさ》がった傷口はそれ以上はどんなに舐めても綺麗になりはしないが、緒方はまるでそうすれば良くなるかのように、俺を抱くたびにその傷に触れた。

「も、いい……のに」

後遺症《こういしょう》はない。仕事にも支障はない。緒方がその傷を負い目に感じる必要はない。

俺が短慮《たんりょ》に行動したせいで負ったものなのだから、緒方は何も悪くない。

「瑞希」

名前を呼びキスを強請《ねだ》るように鼻をすり寄せると、緒方が俺に視線を向けた。

「大丈夫《だいじょうぶ》だから」

気にしないで欲しいと、緒方の髪《かみ》を梳《す》きながら告げる。

「あなたに銃《じゅう》が向けられた時、あの男を殺そうと思いました」

緒方は俺を抱《だ》きしめたまま打ち明ける。

「あなたが止めなかったら本当にやっていたかもしれません。殺したとしても、言い訳するだけの材料は揃《そろ》っていましたから」

淡々《たんたん》と告げられるその言葉にどう反応して良いのか分からずに、緒方の顔を覗《のぞ》き込む。

緒方はいつものように笑ってはいなかった。酷《ひど》く真剣《しんけん》で、凪《な》いだような瞳《ひとみ》で見つめられる。

「あなたには守られてばかりだ。だから次は必ず私が守ります。あなたが二度と傷つかないように」

中学の同級生でヤクの売人だった榛原《はいばら》が二つの暴力団組織に追われ、彼らから逃《のが》れるために俺を利用しようと近づいてきたのは今年の初めのことだ。そしてその榛原をきっかけに刑事《けいじ》である緒方が俺に近づいた。

榛原がヤクザに捕《つか》まった時、その場にいた俺も嬲《なぶ》られた。殴《なぐ》られ、蹴《け》られ、挙げ句は肩《かた》を撃《う》ち抜《ぬ》かれたのだ。最後は銃口《じゅうこう》を頭に向けられ、殺されそうになった。もし緒方が相手の手を撃たなければ、俺は今頃《いまごろ》墓の下かも知れない。それが三月の話だ。

緒方は守られてばかりだというが、今俺がここにこうしているのは緒方が俺を守ってくれたお陰《かげ》なのだ。

「……嬉《うれ》しいけど、なんか大げさですよ」

少し笑いながら言うと、緒方も口元を僅《わず》かに歪《ゆが》ませて苦笑《くしょう》する。

緒方は最後にもう一度音を立てて傷痕《きずあと》にキスをすると、今度はゆっくりと抱いてくれた。

気持ちが良くて幸せな夜だった。心地《ここち》よい疲労感《ひろうかん》に包まれながら、俺は緒方の腕《うで》の中で眠《ねむ》りについた。

けれど目が覚めると、既《すで》に部屋には緒方の姿はなかった。

大きなベッドから下りて、フローリングを裸足《はだし》で歩きながら寝室《しんしつ》から出る。

リビングにあるフレキシブルグラスのテーブルの上に、メモが置いてあった。そこには仕事で出かけるとだけ書かれている。乱雑な字を見ながら、急いでいたのだろうかと推測する。

「起こしてくれれば良かったのに……」

一緒《いっしょ》に居る時間はいつも、緒方は俺に優しい。けれどそれ以外はあまり連絡《れんらく》をくれないし、休日でも限られた時間しか会えない。仕事が忙《いそが》しいと分かっているが、不安になる。

「女々《めめ》しいな」

それでも思い切ることができなくて、メモの字を再度見返す。

折角《せっかく》の休日なのに一緒に朝を迎《むか》えられないことが悲しくて、これだったら隣《となり》に住んでいた時の方がましだったと、俺は殺風景な部屋を見回してため息を吐《つ》いた。


「おはようございます」

朝食を摂《と》るつもりで早めに出たのに、いつの間にか家の近くのカフェが潰《つぶ》れていたので、会社に近いコンビニに入ると、店員より先に雑誌を立ち読みしていた笹川が俺に声を掛《か》けてきた。

傍《かたわ》らには登校途中《とちゅう》の女子高生がいる。笹川は高校を卒業して去年入社した。まだ十代だから、横の女子高生と比べても遜色《そんしょく》がない。

「おはよう。早いな」

そう声を掛けると笹川は曖昧《あいまい》に笑ってみせる。

俺は冷えた緑茶とおにぎりを買って、店の奥にあるイートインスペースに腰《こし》を掛ける。朝のコンビニは混《こ》んでいたが、通勤途中の人間ばかりでイートインにいるのは俺一人だった。

朝食を食べながら、家から持ってきた新聞を読む。予備校で出された小論文の課題を考えつつ、新聞の見出しを追っていると、暴力団についての記事を見つけた。

体に残っているいくつかの生々しい傷痕を、緒方は「子供の時の傷です」と笑って誤魔化したが、それ程《ほど》昔の傷じゃないことぐらい見れば分かる。

生身で衝突《しょうとつ》することが頻繁《ひんぱん》にあるのかと尋《たず》ねたら、緒方は「滅多《めった》にありませんよ」と微笑んだが、そもそも初めて出会った四年前だって、緒方は死にかけていた。

「本当に大丈夫なのかな」

緒方の嘘《うそ》が上手《うま》いのは良く知っているので、危険な事は滅多に無いという言葉を素直《すなお》に信じられない。新聞やニュースでその手の話題が出る度《たび》に心配になる。

外に出ると、ちょうど笹川も一緒に店を出てきた。

「今日も暑いですね」

「そうだな」

ここから事務所までは歩いて十分ほどだ。コンビニの前に停《と》めていた原付に乗ってもよかったが、どうせ早く着いてもやることはない。それに話しかけられて原付に乗るタイミングを見失って、結局押して歩く。

笹川は沈《しず》んだ表情できょろきょろとあたりを見回しながら、俺に寄り添《そ》うように近づいた。歩きにくいとすら感じる距離《きょり》に疑問を感じる。

何かに怯えるような態度の理由を尋ねると、笹川は躊躇《ためら》いがちに口を開く。

「気のせいかも知れないんですけど、付けられてるような気がして……」

不穏《ふおん》な言葉に思わず俺も周囲を見回したが、周りには怪《あや》しい人影《ひとかげ》はない。

「付けられてるって、誰《だれ》に？」

笹川は「元彼なんですけど……」と沈んだ様子で口にする。

「この前から通勤途中に偶然《ぐうぜん》会ったりしてて……。だから最近は朝早く会社に来ているんですけど、なんかそれでも見られてる気がして」

「警察には相談したか？」

「あ、いえ……でも、私の気のせいかもしれないし。まだ警察にいくほどじゃないですから」

笹川は毎日コンビニで時間を潰していたのだろうか。

事務所の鍵《かぎ》を開けるのは社長の奥さん兼《けん》副社長だ。始業の三十分前に開けるので、早く着きすぎると事務所の前で一人で待つ羽目になる。

「彼氏と別れたんだ？」

「はい」

笹川はため息混じりに頷《うなず》く。

俺は数ヶ月前に先輩《せんぱい》方が笹川に彼氏が出来たのを知って、落ち込んでいた時のことを思い出す。嫁《よめ》や子供がいる先輩達すら気落ちしていたのをよく覚えている。

「付き合いはじめたのって最近だったよな？」

別れるのが早いと感じて、そう問い返すと笹川は目を伏《ふ》せた。

「なんか、違《ちが》ったんですよね」

「違うって？」

「元彼なんですけど、付き合う前と後で全然違ったんです。付き合う前は男らしくて、さっぱりしていて格好良かったのに付き合ってみたら正反対で……。騙《だま》されちゃったんですよね。格好悪いところ隠《かく》して、格好良《い》いところだけ見せるって最低ですよね」

笹川の言葉に耳が痛い。

「付き合う前に好きな子に格好良いところだけ見せるのはどこの男も一緒だろ」

「…じゃあ、見抜《みぬ》けなかった私が悪いって事になるのかもしれないですけど」

丁度会社に着いてしまい、笹川からはそれ以上元彼の話は聞けなかった。

先輩達は一緒に出勤してきた俺と笹川を見て「同伴《どうはん》だ」と恨《うら》めしそうな視線を俺に向ける。

「コンビニから一緒になっただけですよ」

「今日はまぁ、そういうことにしてやってもいいけどよ。疑わしきは罰《ばっ》せずだからな」

鷹揚《おうよう》にそう言ってみせたが、まだ疑《うたぐ》り深く俺を見る先輩達の間をすり抜けてタイムカードを押す。追及される前に素《す》早くロッカーに寄ってから、今日使用する機材をトラックに積み込んでいる新人の側に行く。

「おはよう」

「おはようございます」

どこか不機嫌《ふきげん》そうな態度を疑問に思いながらも、新人が積み込んだ機材を俺がチェックして、OKを出す。

するとそれを待っていたように、いつも無口な黒髪《くろかみ》の新人までもが「笹川さんと佐伯さんて付き合ってんですか？」と聞いてくる。

副社長を入れなければ職場に女性は笹川一人だ。人気が集中するのも仕方がないが、一歩外に出ればそこら中に女性がいるのに、どうしてわざわざ狭《せま》いコミュニティ内で相手を探そうとするのだろうか。

身近に居る異性に情が移るのは分かるが、俺だったら職場恋愛《れんあい》はしない。別れた後に気まずくなりそうだ。結婚《けっこん》を前提にするなら、職場恋愛も有りだとは思うけど。

「笹川が好きなのか？」

新人は「そういうわけじゃないですけど」と言葉を濁《にご》したが、頬《ほお》がじんわりと赤くなる。

「心配しなくても、俺は付き合ってる相手がいるから。それより、迂闊《うかつ》に笹川に手を出すと他《ほか》の先輩方にいじめられるぞ」

笑い混じりにそう言いながら、準備が終わったことを知らせに向かう。

それから班ごとにバンに乗り込んで、現場に行く道すがらで笹川が言っていたことを考えた。

――付き合う前と付き合う後で変わるのは、相手を騙していたことになるんだろうか。

緒方は付き合う前も今も変わらない。

だけど反対に俺は付き合う前よりも緒方に我が儘《まま》を言っている。気安い態度を緒方は生意気だと感じるときもあるかもしれないし、休みの度に会いたがるのを鬱陶《うっとう》しく思っているかもしれない。もしそうだったら嫌《いや》だ。

先週末会えなかったのは本当に仕事のせいなのかと、何度も過《よ》ぎる猜疑心《さいぎしん》がまた頭を掠《かす》める。毎日携帯《けいたい》の着信履歴《りれき》に名前を探してる。滅多に貰《もら》わないメールは全部保存している。

初めて恋《こい》をした子供のような行動に自分でも呆《あき》れるが、考えてみれば俺は今までろくな恋愛経験がないから、それも仕方のない事なのかもしれない。

恋をする前にセックスを覚えた俺にとって、恋はセックスの言い訳でしかなかった。それなのに今では初めての恋に戸惑《とまど》って、セックスすらまともに出来ない。相手に委《ゆだ》ねきったセックスばかりじゃ、すぐに飽《あ》きられてしまいそうだ。

けれど頑張《がんば》ったところで、ずっと年上の緒方からすれば、俺の恋もセックスも、随分《ずいぶん》ぬるく感じられるんじゃないだろうか。

――もっと大人になりたい。放って置かれても不安にならないくらいに。

次の誕生日が来れば二十二歳になる。だけど十代の頃《ころ》に描《えが》いていた大人の姿と今の自分はほど遠い。子供っぽくて嫌になる。せめて貰ったメールを何度も読み返す真似《まね》は止《や》めようと決めて、俺は無意識に見つめていた携帯電話《けいたいでんわ》を仕舞《しま》った。

緒方からメールが届いたのは、最後に会ってから十日ほど過ぎた水曜日の休憩《きゅうけい》時間だった。

夕食を一緒《いっしょ》にどうか、という誘《さそ》いにすぐに返信する。珍《めずら》しく平日に会えることを喜んだが、終業してから再び携帯を開くと、急な仕事で駄目《だめ》になったという内容のメールが届いていた。

「はぁ」

思わずため息を漏《も》らす。会えると期待しただけに、落ち込む。

「なんだよ、ふられたのかぁ？」

先輩の言葉に視線を巡《めぐ》らせる。にやにやしている顔に向かって「忙《いそが》しいみたいで」と答えると、近くに来た先輩がぐいっと俺の首に手を回す。

「よしよし、仕方ねぇから俺がいい店連れて行ってやるよ」

「いや、金ないんで」

「安心しろ。飲み放題三千円ポッキリにクーポン付きだ」

にやりと先輩がさし出した皺《しわ》くしゃのクーポン券を見ながら、女がどうのではなく三千円で飲み放題なら安いな、と迷う。財布《さいふ》の中身を考えると行くべきではないのは分かっていたが、このまま一人で家に帰ったら、緒方のことばかり考えてしまいそうだ。

「あやしい店じゃないから安心していいよ」

他の先輩がとりなすように言う。

このところ毎回誘いを断っている。そろそろ断るのも気まずい。どうせこの後は何の予定も入っていないのだ。

「はい、じゃあお願いします」

ぺこりと頭を下げる。すると、先輩は着替《きが》えていた新人達にも声を掛《か》けた。

結局二人も行くことになり、俺を含《ふく》めて五人で事務所を出る。

原付を事務所の駐車場《ちゅうしゃじょう》に置き去りにしたまま、駅まで歩いて向かう。

新人をからかって笑っている先輩の後ろ姿を見ていると、もう一人の先輩が「お前、来年はどうするんだ？」と尋《たず》ねてきた。

会社の人間はみんな俺が来年受験する事を知っている。

たまにからかわれるが、予備校がある土曜日に仕事が入った時は何も言わなくても、先輩達が協力して代わってくれるので感謝している。

「来年は、もし本命が受かったら正社員じゃなくてバイトとして使って貰う予定です。受からなかったら今のままです」

第一希望に受かったら、正社員として仕事しながら通うのは無理だ。第二希望なら授業の開始時間が遅《おそ》いし勤務先とも近いから、残業が無ければ正社員として働きながらも通える。けれど第二希望の大学は学費が第一希望よりも高いので、その場合は教育ローンを組むことになりそうだ。

借金《ローン》は嫌だが、今更《いまさら》金銭面では親に頼《たよ》りたくないし、兄弟に借りるのも気が引ける。

それに現役《げんえき》で大学に進学した兄も教育ローンを組んでいたし、専門学校に行った二番目の姉は、高校時代から続けているモデルの仕事で自分で金を貯《た》めていた。

下の弟は高校生で妹はまだ中学生だ。あいつらも進学を考えているかもしれない。

一度就職し、成人して親元を離《はな》れた俺が今更両親に負担をかけるのは間違《まちが》っているし、親に寄りかかるぐらいならあと数年待って金を貯めてから大学に行く。大学入学後の生活費のことを考えたら、実際はその方が良いのかもしれない。

「そうか。まぁ頑張れよ」

先輩《せんぱい》の励《はげ》ましに頷《うなず》きながらも、金銭的な事を考えると少し憂鬱《ゆううつ》になった。

駅前にあるラーメン屋で夕食をとってから、電車に乗って繁華街《はんかがい》に出る。その手の店が集まっている界隈《かいわい》で先輩が馴染《なじ》みの店に案内するが、客引きの女性にいちいち捕《つか》まるから遅々《ちち》として進まない。ようやく雑居ビルの三階にある店に着いた頃には、もう遅い時間になっていた。

店はほどほどに混《こ》んでいる。先輩が入り口に立っていたボーイにクーポンを渡《わた》すと同時に、贔屓《ひいき》にしているホステスの名前を告げた。

案内されたブース席は入り口の近くで、隅《すみ》の方から客が下手《へた》なカラオケを歌っているのが聞こえてきた。

今日みたいな付き合いがあるから、こういう店に来るのは初めてではないが、女性と酒を飲むためだけにキャバクラに来る男の心理は理解できない。性欲《せいよく》が絡《から》む風俗《ふうぞく》ならばわかるが、キャバクラでは体の触《ふ》れ合いはせいぜい手を繋《つな》ぐ程度だ。何が楽しいんだろうか。

一部の界隈で〝伝説のキャバ嬢《じょう》〟と呼ばれている一番上の姉に聞けば教えて貰えるだろうが、話が長くなりそうなので聞く気がしない。

しばらくしてやってきた三人のホステスはどこか図々《ずうずう》しく、顔も笹川の方が可愛《かわい》かった。

「失礼しまーす」

「また来てくれたんだ」

愛想《あいそ》笑いを浮《う》かべて先輩に話しかける女性は俺と同い年ぐらいだった。

彼女たちの台詞《せりふ》も仕草も睫《まつげ》も爪《つめ》も、どれもが嘘《うそ》っぽく思えて、俺はひたすら飲むことだけに専念した。飲み放題できる酒は種類が少なくて、同じものばかりを頼《たの》む。

「お酒強いの格好いいね。飲み放題だからたくさん飲んでね」

速いペースでグラスを空にしていると、年上だと思われる女性にそう言われたが、間が持たないから飲んでいるだけで、美味《うま》いと思っているわけでも格好つけたいわけでもない。

それでも曖昧《あいまい》に頷きながら薄《うす》い水割りを口に運び、遠くの方から聞こえるサラリーマンの歌声に耳を澄《す》ませる。

浮気《うわき》を許せと開き直る男と、土下座しても許さないと怒《おこ》る女性の曲は、小さい頃から何度も耳にしているデュエットの定番だ。昔は男の意見に共感していたが、今は女性の意見を支持してしまう。

「敬介、つまらないか？」

曲の状況《じょうきょう》を緒方と自分に置き換《か》えて考え込んでいると、先輩が耳元に口を寄せて尋ねてくる。

「そんなことないです」

そう答えながら、ホステスにからかわれている新人の二人に視線を向ける。茶髪《ちゃぱつ》の方はそれなりに楽しんでいるが、黒髪《くろかみ》の方は先程《さきほど》から黙《だま》り込んでいる。普段《ふだん》から無口だが女性に対してはもっと無口になるタイプらしい。

「今度は普通《ふつう》の店に誘うよ」

先輩も新人の方をちらりと見て苦笑《くしょう》する。気を遣《つか》わせてしまったことに申し訳なさを感じながら「こういう店に慣れてなくてすみません」と頭を下げる。

「ああ、そうか……お前結構ウブなんだよな」

中学の時から男女問わず気が向けば寝《ね》てきた。だからそんな風に言われるのは違和感《いわかん》を感じるが、夢精の件を打ち明けて以来そう思われているらしい。敢《あ》えてそのあたりはいちいち訂正《ていせい》する気が起きないので「かもしれないですね」と頷く。

実際緒方と付き合ってみて、自分が恋愛《れんあい》下手なのはよく分かった。

二十一歳で初恋《はつこい》なんて、夢精以上に誰《だれ》にも言えない。

「佐伯！　銃創《じゅうそう》見せてみろよ！」

不意に向かいの先輩から声を掛けられる。

「えー、みたーい！」

「ねぇねぇ、なんで撃《う》たれたの？」

勝手に先輩があの事件のことをしゃべったらしい。ホステス三人が興味津々《きょうみしんしん》で俺を見ていた。隠《かく》しているわけではないが、だからといって吹聴《ふいちょう》して回っていたわけでもない。でも、飲み会のネタとしては、確かに食いつきそうな話題だ。

「佐伯、早くしろよ」

女性の前だから、普段より余計に偉《えら》そうに先輩が指図する。

先輩は悪い人じゃないが、すぐに調子に乗るタイプだ。

「あんまり面白《おもしろ》いもんじゃないですけど……」

連れてきて貰《もら》ったのに面子《メンツ》を潰《つぶ》すのも悪いので、大人しく上に来ていたTシャツを脱《ぬ》ぐ。

日に焼けた肌《はだ》の中で、少し色が違《ちが》う右肩《みぎかた》の傷痕《きずあと》に視線が向けられるのが分かった。

近くにいたホステスの指が、断りもなくその部分に触れる。いやらしく触れた柔《やわ》らかい指先に、顔を上げると目が合う。悪戯《いたずら》な目で、俺の反応を窺《うかが》うように指で引き攣《つ》れた皮膚《ひふ》を擦《こす》る。

「筋肉も結構付いてるんだ。えー、すごく堅《かた》い」

「すごーい」

別の女性の手が銃創ではなく肩《かた》や腕《うで》に触れ、胸板《むないた》の上に当てられる。

その気もない相手にべたべた触れられるのが鬱陶《うっとう》しくて、止《や》めさせようとした時に黒髪の新人と目が合う。

すると怯《おび》えたように、新人は俺から目を離す。無遠慮《ぶえんりょ》に見ていたことを咎《とが》められるとでも思ったのかも知れない。

昔から顔の造りが怖《こわ》いせいで人から嫌厭《けんえん》されることが多いので今更傷つきはしないが、折角《せっかく》最近懐《なつ》きかけていたのに、銃創のせいでまた振《ふ》り出しに戻《もど》りそうだ。

四月以降に入社した新人は俺が撃たれたことを知らない。着替《きが》えるときに肩の傷は見えただろうが、まさか銃創だとは思わなかったはずだ。

「筋肉は俺のほうが凄《すご》いぞ、ほら！」

先輩が腕まくりしてみせるが、女性たちが自分を見ていないことに気づくと、ふてくされたように酒を飲み始める。

「もう自慢《じまん》はいいだろ、佐伯」

詰《つ》まらなさそうな先輩の声に、俺は女性たちの手を遠ざけて、脱いだTシャツを再び着る。

撃たれたいきさつを聞きたがったホステスに、不機嫌《ふきげん》だった先輩が俺の代わりに得意げに話し始めた。

「うちに榛原っていう奴《やつ》がいてよ、そいつがヤクザに借金してたらしいんだよ。佐伯はそいつと仲良くしてたから、一緒《いっしょ》にいたときに巻き添《ぞ》えにされたんだ」

先輩は「甘いんだよな、佐伯は」とやれやれ、という口調で言った。

「榛原が金を返せないのに怒ったヤクザが佐伯を撃ったらしいんだよな。まー、もし俺だったら相手がヤクザだろうと殴《なぐ》り倒《たお》してやるけどよ」

先輩はそう言うと、水割りの追加を頼む。ボクシングをやっていたという先輩からは、若い時代の武勇伝を酒の席で何度も聞かされた。

「えー、それ怖《こわ》ーい。ケーサツ沙汰《ざた》じゃん」

「実際警察沙汰だったもんな、佐伯」

俺は先輩の説明に頷く。

多少事実とは異なるが、わざわざ見知らぬ女性に事件の詳細《しょうさい》を語るつもりはなかった。

「あのときは大変だったんだぜぇ、日程がきついってのに佐伯が抜《ぬ》けたせいで余計に厳しくなってよ」

俺は素直《すなお》に頭を下げて謝った。年度末は工事が集中する。納期もぎりぎりだったから、俺が一人抜けるとその分先輩たちに負担がかかった。申し訳ないという気持ちは今でもある。

「まぁ、仕方ないけどな。状況が状況だったしな」

もう一人の先輩がフォローする。話題はホステスの好きな男性のタイプに移り、そのタイプに自分が当てはまると先輩が自己アピールするのを聞きながら、俺は乾《かわ》いた口の中をしめらせるように酒を飲む。

「佐伯さんて、マジやばめなんスね」

茶髪の新人がぼそりと言った。

訂正しようにも銃創を見せた後じゃ効力が薄いだろうと、その独り言を聞かなかったふりをする。

結局二時間ほどで店を出た。これから別の店で飲み直すと言う先輩《せんぱい》達と別れ、新人二人と駅に向かう。

呼び込みや人混《ひとご》みを避《さ》けて歩いていると、駅の近くのビルから出てきた緒方を見かけた。

「え？」

一瞬《いっしゅん》人違《ひとちが》いかと思ったのは普段と服装も髪型《かみがた》も違ったせいだ。いつもは下ろしている前髪《まえがみ》をあげて、メガネも掛《か》けていない。着ているスーツは高そうだが、少し崩《くず》しているせいで遊び慣れた軽い印象を受けた。おまけに表情もいつもの穏《おだ》やかなものとは打って変わっている。どこか粗野《そや》な雰囲気《ふんいき》が感じられて、本当に緒方なのかと訝《いぶか》しく思ったが、恋人《こいびと》を見間違えるわけがなかった。

――仕事が早めにおわったんだろうか。

声を掛けようとして、上げかけた手を止める。

「あ……」

緒方に続いてビルから出てきたのは、若い女性だった。金髪《きんぱつ》に濃《こ》い化粧《けしょう》をして露出度《ろしゅつど》の高い派手な服を着ている。緒方の腕を抱《だ》きかかえ、顔を近づけて何か話しながら歩く。

親しげな様子で腕を絡《から》める様に、声を掛けられなくなった。

「佐伯さん?」

急に立ち止まった俺に対して、遠慮《えんりょ》がちに前を歩いていた二人が名前を呼ぶ。

「あ……、悪い」

再び視線を前に向けたが、緒方は停《と》めたタクシーに乗り込んで行ってしまった。

「大丈夫《だいじょうぶ》ですか?」

赤いテールランプをじっと見つめていると、酔《よ》っていると思ったのか、新人から不安げな視線を向けられる。

「平気」

そう口にして再び歩き出す。

女性と二人で飲むのは、咎める程の事じゃない。

俺だってさっきまで先輩達とキャバクラで酒を飲んでいた。

それでも緒方の普段とは違う服装と、緒方の腕に絡む手を思い返したら、無性《むしょう》に不安になって、テールランプの残像がいつまでも目の前にちらついた。

三週間前の土曜日の朝は二人で迎《むか》えた。

けれど今は一人でぼんやりテレビを見ながら、パンを齧《かじ》っている。

「はぁ」

濃く淹《い》れたコーヒーは合格点だし、近所のパン屋で買った焼きたてのパンも美味《うま》い。

それでも一向に気持ちが上がらないのは、せっかくの休日に一人きりだからだ。

昨日寝《ね》る前に送ったメールで今日と明日は会えるのかと尋《たず》ねた。返信がないというのは無理だということなのだろう。

「仕事忙《いそが》しいって言ってたしな……」

公務員なのに変則的な勤務時間の緒方はいつも忙しそうだ。仕事が大変なのは知っているから我慢《がまん》すべきだとは思うが、こんなに人を好きになったのは初めてで、感情の抑《おさ》え方が分からない。

ともすればその苛立《いらだ》ちを緒方自身に向けて仕舞《しま》いそうになって、一緒に居るときに慌《あわ》てて黙《だま》り込むことが何度かあった。

「悩《なや》んだって仕方ないけどな」

気持ちを切り替《か》えるようにそう口にして、予備校に持っていくための小論文を読み返す。

来年受験する夜間大学の入試は第一希望も第二希望も小論文の試験がある。学科試験がない分楽だと予備校の講師は言っていたが、俺の場合は文章力の前にまず漢字の勉強から始める必要があった。知らない漢字が多すぎて、問題文も満足に読めない時がある。新聞を読むようになって大分改善されたが、未《いま》だに分からない字も多い。

学生時代に不真面目《ふまじめ》だったつけが今更《いまさら》回ってきた。学校には出席日数ぎりぎりしか通っていなかったし、夜間のバイトのために授業中はほとんど寝ていた。

「下手《へた》すぎ」

数日前に書いた小論文を読み直す。下手なのは分かっているが、どこをどう直せばいいのか分からない。それでも、最初の頃《ころ》よりは随分《ずいぶん》上達した。

書き直す時間もないし、今以上のものが出来るとも思えなくて、結局バッグにそれを詰めて家を出る。

昼食を挟《はさ》んで二コマの講座を受けて、先週提出した論文が簡単な添削《てんさく》付きで返ってきたので、それを見ながらいつものように自習室で復習をする。

夕方になってから予備校から出て携帯《けいたい》を確認《かくにん》すると、緒方から着信があった。

駅までの道の途中《とちゅう》にあるマンションの壁《かべ》に寄って折り返すと、すぐに緒方が出る。

「ごめん、予備校に行ってて」

『ああ、そうでしたね。すみません、失念していました』

緒方の背後で誰《だれ》かの声がする。

『誰《だれ》と話してるの？』

苛立ったような女性の声だ。

緒方は女性の質問には答えずに『すみません、仕事の都合でしばらく会えそうにありません』と口にする。

その時背後で女性が笑っているのが聞こえた。どこかヒステリックで嘲《あざけ》る響《ひび》きを持ったその声に、不意に先日の夜に緒方の腕《うで》に抱《だ》きついていた女性を思い出す。

「そうですか。そういえば、この間……」

緒方さんと一緒《いっしょ》にいた女性は誰ですか？　今後ろにいる人ですか？

その疑問を口にするのを躊躇《ためら》う。

嫉妬《しっと》深《ぶか》いのがばれてしまいそうだし、どう頑張《がんば》っても声に非難が滲《にじ》みそうだった。

『先日も本当にすみませんでした。急に仕事が入ってしまって……』

背後の笑い声はますます大きくなった。苛々する。

「大丈夫。じゃあ、また」

また女性の笑い声を聞くのが嫌《いや》で、緒方が何か言おうとするのを遮《さえぎ》るように通話を切った。

再び歩道を歩きだした時に向かいから歩いてきた子供連れの主婦にぶつかる。

「すみません」

謝ったのは横の男だった。

お互《たが》い様だと軽く頭を下げて通り過ぎる時、主婦が男の腕に絡めた小指に指輪が光っているのが見える。夫婦なんだろうなと想像しながら、緒方の背後から聞こえた女性の声を思い出す。

――女性の方が良くなったのか？

楽しくない考えだ。だけど、現実味がある。

さっきの笑い声は俺のことを笑っていたんだろうか。週末に一緒に過ごしている女性は緒方とどういう関係だろうか。

「最悪」

女々《めめ》しいことばかり考える。断片《だんぺん》的な情報を態《わざ》と都合の悪い方に繋《つな》げて、疑心暗鬼《ぎしんあんき》になっているんじゃないだろうか。

そんな自分を嫌悪《けんお》して出来るかぎり楽しいことを思い出そうとした。

緒方が寝言《ねごと》で俺の名前を呼んだ事。荒《あ》れた指にキスをされた事。

緒方が俺を「かわいい」と愛《いと》しげに言ったこと。

けれど自分がそんな言葉とはとても無縁《むえん》だと知っているから、やっぱり楽しい気分にはなれそうになかった。


火曜日の夜。突然《とつぜん》家を訪ねて来た緒方は、セックスが終わった後で謝るように俺の髪《かみ》を撫《な》でた。

「あまり時間が作れなくてすみません」

一人でも狭《せま》いベッドに二人して寝そべりながら、心地《ここち》よい疲労感《ひろうかん》に眠《ねむ》りを誘《さそ》われる。

俺は緒方の腕に頭を載《の》せて、髪の毛を梳《す》く指の感覚を追う。

先日の女性のことは気になっていたが、久しぶりに会えたのにそんな話題を持ち出すのが嫌で、敢《あ》えて自分からは何も言わなかった。

緒方がいつもどおり優《やさ》しいから、俺の心配なんて杞憂《きゆう》に思える。

「仕事で問題が起きてしまって……」

「どんな？」

詮索《せんさく》するつもりはなかったが、緒方を信用できるような言葉が欲しかった。

「部下が窮地《きゅうち》に立たされているんです。詳《くわ》しいことは片付くまでは言えませんが」

緒方はそれだけしか言わずに、言葉を濁《にご》してしまう。

「そうですか」

筋肉の付いた硬《かた》い腕に頬《ほお》を押しつけながら、そっと腕時計を覗《のぞ》き込む。

緒方が部屋に来たのは四十分前だ。一時間しかいられないと言った緒方の体を求めたのは俺の方で、ベッドに連れ込んでキスを仕掛《しか》けた。

高校の頃ほどがっついてるわけじゃないが、それでも好きな人を前にして我慢できるほど涸《か》れてるわけじゃない。

それに、今日を逃《のが》したらまたしばらく会えなくなるかも知れないのだ。

「あれ、どうしたんですか？」

不意にそう尋ねられて、一瞬《いっしゅん》なんのことか分からなかった。緒方の視線の先を追うように振《ふ》り返り、テーブルの上に置かれた求人誌に気づく。

「夜に、バイト入れようかと思って」

コンビニの出入り口に置かれていた無料配布の求人誌を、いくつか持ってきたのだ。

「今よりも働くんですか？」

「近所で二、三時間くらい働けたら良《い》いと思ってるんですけど」

「……学費のために？」

「それもありますけど、来年、正社員を辞《や》めてバイトになるかもしれないから、今のうちに金貯《た》めておきたいんです。バイトで学費と生活費賄《まかな》うのってローン組んでもきつそうだから」

「そんなに働いて、大丈夫《だいじょうぶ》なんですか？」

心配そうに緒方の掌が頬に滑《すべ》る。温かいその体温が心地好《よ》い。

「平気ですよ。現場の仕事は慣れたし、バイトを肉体労働にしなければなんとかなります」

深夜営業の店のレジ業務ならば、立ちっぱなしでもそれほど体は疲《つか》れないだろう。きつくないと言えば嘘《うそ》になるが、稼《かせ》げるうちに稼いでおきたい。

一年分の学費ぐらいは貯金してあるが、来年、再来年の分の学費と生活費は目処《めど》が立っていない。夜間の学費が全日と比べて安いのが唯一《ゆいいつ》の救いだ。

「どれぐらい必要なんですか？」

「とりあえず、今年中にあと百万は貯めたいですね」

少なくともあと百万だ。とても今の仕事だけでは貯められない。

前に受験を知った一番上の姉が援助《えんじょ》してくれると言ってくれたが、いくら大金を持っているとはいえ、姉が努力して稼いだ金を自分の我が儘《まま》に使うのは嫌だった。

「それぐらいでしたら、私が出します」

その言葉に驚《おどろ》いてまどろんでいた意識が醒《さ》める。

「え？」

緒方は大したことではないと言うように「相談してくれれば良かったのに」と口にしたが、俺は慌《あわ》てて首を振った。

「自分で稼げますから」

何も緒方に援助して欲しくて「あと百万」と口にしたわけじゃない。

身内に借りるのも嫌なのに、緒方に借りられるわけがない。それに借りたとしてもそんな大金を返すのは何年もかかってしまう。緒方にとっては大した額では無いのかもしれないが、だからといって素直《すなお》に受け取れるわけがない。

「無理をして欲しくないんです」

「無理なんかじゃありません。大学に行きたいっていうのは俺の我が儘ですから。それで他人に迷惑《めいわく》はかけたくないです」

きっぱりと言い切ると、緒方はもう何も言わなかった。

折角《せっかく》俺のために申し出てくれたのに、強く言いすぎて怒《おこ》らせたかもしれないと「すみません、俺……緒方さんとは対等でいたいんです」と口にする。

それでも黙《だま》ったままの緒方の顔を見上げるのが怖《こわ》くて、その胸に顔を埋《うず》めた。

「……怒りましたか?」

おそるおそる口にしたそれに、甘いため息が帰ってくる。それと同時に背中からゆるく抱《だ》きしめられて、髪にキスを落とされた。

「怒ってませんよ……」

だけど少し寂《さび》しそうな顔をしているのを見て、罪悪感を覚える。本当に怒っていないのかを確かめるために、ゆっくり唇《くちびる》を近づけてキスをした。何度か触《ふ》れ合わせていると、緒方がうっすらと唇を開く。舌を入れると、小さな音を立てて吸われる。

「ん……」

その仕草に安心して、ほっと肩《かた》の力を抜《ぬ》き、先程《さきほど》と同じように緒方の胸に顔を寄せた。

「かわいい」

緒方が甘やかすような口調でそう言った。

俺はかわいくなんてない。知っている。だけど。

「……もっと」

「え？」

「それ、もっと言ってください」

俺はかわいくなんてない。

だけど緒方がかわいいと言ってくれているうちは、隣《となり》にいることを許されるような気がして、もうベッドを出なければならない緒方に抱《だ》きついて強請《ねだ》る。

「嫌《いや》なんじゃなかったんですか？」

小さく緒方が笑う。それから俺が欲しがった言葉をくれた。

湯水のように与《あた》えられるその言葉に目を閉じて、本当にそうなれればいいと願った。


帰社してからトラックのガソリンが無いことに気づくと、助手席の先輩《せんぱい》が「佐伯」と俺の名前を呼んだ。

「はい」

名前を呼ばれただけでその先が予想できる。雑用は基本新人の仕事だが、入社一年目の新人に運転させられないし、そもそも免許《めんきよ》も持っていないだろう。

そうなると必然的に仕事は俺に回される。けれど昨年までは一人で全部雑用を担《にな》っていたんだから、最近は楽な方だ。

新人が機材を下ろすのを手伝った後で、事務所に寄って最寄《もよ》りのスタンドのプリペイドカードを預かる。ガソリンを入れて帰って来る頃《ころ》には、すでに駐車場《ちゆうしやじよう》にあった従業員の車やバイクは俺のもの以外無くなっていた。

トラックを倉庫の横に駐車して、事務所に向かう。ロッカーからバッグを取り出して、鍵《かぎ》とプリペイドカードをいつもの位置に戻《もど》していると、挙動不審《ふしん》な笹川が目に入った。

こそこそと窓から外を窺《うかが》っている。

「どうかした？」

「あ、その……」

笹川は突然《とつぜん》声をかけられて驚いたが、俺を見るとほっとしたように胸を撫《な》で下ろし、再び窓から外を見る。

就業時間を過ぎた後の事務所に残っているのは俺と笹川だけだった。俺が荷物を置いたまま車の鍵を持って出ていったので、事務所を閉《し》められなかったのだろう。

いつもは最後まで副社長が残っているのだが、週に一度は笹川より先に帰る。趣味《しゆみ》でやっているダンス教室に通うためらしい。前に大会で上位に入ったと嬉《うれ》しそうに自慢《じまん》していた。

「もしかして、元彼か？」

前に別れた彼氏に見られているような気がすると、笹川が打ち明けた事を思い出す。

外を見ると見知らぬ車が路上に停《と》まっていた。運転席の男は離《はな》れていてよく見えない。

「アレか？」

尋《たず》ねると笹川が頷《うなず》く。

「追い払《はら》って来るよ」

そう言って持っていたバッグを笹川に預ける。

学生時代じゃあるまいし、いきなり暴力に訴《うった》えたりするつもりはない。まずは話し合いだ。

その先は、相手がそれに応じるか否《いな》かで決めればいい。

仮に向こうがどんな男でも、別れた彼女をつけ回すような奴《やつ》に負ける気はしなかった。

確かに緒方には敵《かな》わないが、それ以外の相手に一対一で負けた記憶《きおく》はほとんどない。

女性、特に二人の姉と佐伯家絶対権力者の母親は例外だが。

「待ってください」

事務所のドアを開け、外に出たところで笹川が俺の腕《うで》を引く。

「あ、危ないです。あの人、凄《すご》く強いですから」

「そうなのか？」

こくこく、と真剣《しんけん》に何度も頷く笹川を安心させるために、小さく笑う。

「大丈夫。俺もそんなに柔《やわ》じゃないから」

「佐伯さんっ」

慌てる笹川の声を無視して車に近づく。

運転席の男の顔が見えた。笹川が言うような、凄く強い相手には見えなかった。筋骨《きんこつ》隆々《りゅうりゅう》というタイプではないし、顔も厳《いか》ついわけではない。どこにでもいるような、ごく普通《ふつう》の男だ。

コンコン、と軽く窓を叩《たた》くと男が俺と視線を合わせる。

「笹川の知り合いですよね、話あるんで出てきてもらえますか？」

威圧《いあつ》的にならないように、仕事相手に対するような口調を意識した。

けれど相手は車を降りずにエンジンを掛《か》けると、バックしてそのままどこかに走り去ってしまった。簡単に逃《に》げた相手に拍子抜《ひょうしぬ》けする。

「あ、あの」

再び事務所に戻ると、笹川は心配そうに俺を見た。

俺は今記憶したばかりの車のナンバーを、受付のカウンターの上に置いてある自社ロゴ入りのメモ用紙に書き写す。

「この番号、先輩達にも教えておくよ」

メモを四つ折りにしてポケットに入れる。

事務所のアイドルが元彼にストーキングされていると知ったら、先輩達が黙ってはいないだろう。車を見つければすぐに追い払ってくれるはずだ。

「あ、すみません。ありがとうございます」

笹川が頭を下げる。

「駅まで送るよ」

そう言うと笹川は申し訳ないような顔をしながらも、やっぱり一人で帰るのが怖いのか、再度頭を下げた。

笹川が事務所を閉めるのを待ってから、二人で外に出る。先程の車は見当たらないが、用心しながら駐車場から原付を出して、転がしながら笹川と駅までの道を歩く。

二人乗りをしてもいいが、駅前に派出所があるのを考えると、リスクが高くてやる気にならない。それにメットも一人分しか持っていない。

「警察には相談したのか？」

「……あまり、騒《さわ》ぎ立てたくなくて」

笹川は俯《うつむ》きながら答える。

「気持ちは分かるけど、向こうは家も知ってるんだろ？」

確か笹川は一人暮らしだ。実家がアパートで、高校生の弟と同じ部屋で寝起《ねお》きするのがお互《たが》い耐《た》えられずに、卒業と同時に部屋を借りたと言っていた。

「合い鍵も渡《わた》してたから鍵は一応替《か》えたし、それに……マンションの一階はコンビニだから、それほど物騒《ぶっそう》でもないんです」

「会社にまで来るぐらいだから、警察に一度相談したほうが良《い》いと思うけど」

笹川はぎこちなく頷く。まだ迷っているようだが、相手は腐《くさ》っていても男だ。世の中にはうちの姉たちのように強い女性もたくさんいるが、笹川が男に力で抗《あらが》えるほど強いとは思えない。

「友達にも、そうしたほうがいいって言われてたんですけど……。そのうち止《や》めてくれるかもって思って。警察に行ったら、仕返しされそうだし……」

笹川は憂鬱《ゆううつ》そうに口にする。

「どうしてこんな事になっちゃったんだろう。付き合う前は、すごく優《やさ》しかったのに……。その頃はまだちゃんと働いてたし、暴力も振《ふ》るわなかったし」

「暴力を振るわれてるのか？」

思わず声に非難が混じる。女性相手に暴力なんて、どんな理由があるにせよ最低だ。

うちの父親なんて、まだ結婚《けっこん》する前にお袋《ふくろ》の頬《ほお》を一度平手で叩いたお返しに、渋谷《しぶや》のハチ公前で背後から跳び蹴《げ》りされて、顔面スライディングしたらしい。それ以来ハチ公前はトラウマなんだと言っていた。

女性には決して暴力を振るってはいけないと、佐伯家の男子は遺伝子レベルで刷り込まれている。

「たまに、でしたけど……。お腹《なか》、殴《なぐ》られたりとか。でも殴った後は必ず反省してくれて、二、三日はすごく優しくて、昔に戻ったみたいで嬉しくなって許しちゃうんです。でも、しばらくするとまた殴られて……」

典型的な暴力男だ。そう言えば以前笹川の腕の内側に青紫《あおむらさき》の痣《あざ》があった。あれは暴力の痕《あと》だったのだろうか。

「怒《おこ》らなかったのか？」

「怒るって言うよりも、悲しくて泣きました」

笹川はそう言って苦笑《くしょう》する。

どうして一度目に殴られた時に、笹川がその男を許したのか理解できないと思ったが、けれどももし自分だったらと考え直す。もし緒方が俺を殴って、そのことを緒方が反省したら、確かに俺も許してしまうような気がした。

耐える事と失う事を天秤《てんびん》に掛けたとき、失う事のほうが辛《つら》い間は、耐えてしまうのだろう。

「好きだったんだな」

笹川は小さく頷く。

「だけど、もう終わりにしようと思って別れたんです」

黙《だま》り込んだ笹川につられて、俺も何も言わずに歩く。時折周囲にさりげなく視線を巡《めぐ》らせたが、先ほどの車は見当たらなかった。

「でも、お互い様かもしれません」

駅の近くまで来ると、笹川が疲《つか》れた様子で言った。

「付き合う前は彼だけでなく私も演技してました。可愛《かわい》くて大人しくて口答えしない女の子を演じてたんです。私が好きになったのが偽者《にせもの》の彼だったように、彼が好きになった私も偽者で、だからこんな風になっちゃったのかも」

再度俺に頭を下げた笹川が改札の向こうに消えるのを見届けてから、俺は原付に跨《またが》ってエンジンを掛けた。

真横には派出所があり、中では制服警官二人が何か楽しげに話している。

昔は警察が死ぬほど嫌《きら》いだった。学生時代は常に追いかけられる側だったからだ。だけど今では信頼《しんらい》している。四年前初めて警察を頼《たよ》って以来ずっとだ。

笹川のことを相談した方がいいのは分かっていたが、それは俺が口出しすべき問題じゃない。メットを被《かぶ》り、派出所の前を通過する。

家に着くと、いつものようにシャワーを浴びて、着替《きが》えてから夕食の支度《したく》をした。

以前はほとんど外食か、出来合いのものを買ってきていた。けれど来年以降に大学に通うとなると些細《ささい》な出費さえ惜《お》しまれて、最近では出来る限り自炊《じすい》するようになった。

一人きりだといちいち手の込んだものを作る気がしないから、どうしても簡素な食事ばかりになってしまうけれど。

食べてくれる相手でもいたら別なんだろうと考えて、緒方の顔が浮《う》かぶ。隣《となり》に住んでいたときは、一緒《いっしょ》に過ごせる夕食が楽しみだった。しかし今は隣の部屋には緒方の代わりに神経質なサラリーマンが住んでいる。

「はぁ」

壁《かべ》を見ながら無意識にため息を吐《つ》いて、しまったと口に手を当てる。

ため息を吐くと幸せが逃げるという迷信《めいしん》を信じているわけではないが、吐く度《たび》に二番目の姉の台詞《せりふ》を思い出してしまう。

〝舌打ちとため息の多い人には魅力《みりょく》を感じないでしょ？　だから極力しないようにしてるの〟

ため息を吐こうとして慌《あわ》てて口を閉じた姉に、その理由を聞いたときの答えだ。

その通りだと思うから、俺も極力気をつけてはいるけれど、知らない内に漏《も》れている。

相変わらず忙《いそが》しい緒方とは、今週末の約束はしていない。会えるように努力すると言っていたが、会える確率は低そうだ。

「別に、外で一緒に飯食うだけでもいいのに」

それが駄目《だめ》なら電話で声を聞くだけでも良い。十分でも五分でも、寝《ね》る前に少し声が聞けたら俺はそれだけで安心できる。

食事を終えて洗い物を片付けていると、インターフォンが鳴る。ドアを開けると、小さな箱を手にした配達員がいた。

「佐伯敬介さんですか？　こちらにサインをお願いします」

差し出されたペンをとって伝票の指定された箇所《かしょ》にサインをする。差出人の欄《らん》には「緒方」とだけ書かれていた。

配達員を労《ねぎら》ってから、箱を受け取ってドアを閉める。

わざわざ宅配で何を送《おく》ってきたんだろうと思いながら比較的《ひかくてき》小さな箱を開けると、中には梱包《こんぽう》された鍵《かぎ》が入っていた。

「……緒方さんの部屋の鍵？」

緒方がこの間持っていた物と同じ鍵だ。公務員なのにやけに立派なマンションに住んでいたが、そう言えば緒方は白い高級車も持っている。

もしかして緒方は高給取りなんだろうか。緒方の階級が警視だとは知っているが、それがどんな地位なのかは分からない。昔見ていたドラマでよく出てきたのは「警部」と「巡査《じゅんさ》」ぐらいで、「警視」は聞いたことがない。そういうドラマでは草臥《くたび》れたスーツ姿のやけに熱血な刑事《じ》が、一匹狼《いっぴきおおかみ》で探偵《たんてい》のように事件を解決していた。

「警視ってどんな立場なのか、今度聞いてみようかな」

けれど適当にはぐらかされそうな気もする。

俺は緒方に仕事の話をするが、反対に緒方は俺に仕事の話をしない。職業柄《しょくぎょうがら》口外出来るものと出来ないものがあるだろうが、緒方自身が秘密主義なせいもあるだろう。

現に付き合って三ヶ月経《た》つのに、俺は緒方のことを未《いま》だにほとんど知らない。住んでいるところだってこの間初めて行ったぐらいだ。

その緒方が俺に家の鍵をくれた。

「自惚《うぬぼ》れてもいいのかな」

緒方は穏和《おんわ》で誰《だれ》でも受け入れるように見えて、本当は簡単に相手を信用しない人間だ。その緒方が俺に鍵をくれたことが嬉《うれ》しい。

早速《さっそく》緒方の携帯《けいたい》にメールを打つ。いつ返ってくるか分からない緒方からのメールをただ待つ間、不意に俺も緒方に合い鍵を渡《わた》さなければ、という意識に駆《か》られて外に出た。

原付で普段《ふだん》使う駅とは反対方向にあるホームセンターに向かい、入り口の一角に間借りしている鍵屋に部屋の鍵を預ける。

「五分程度で出来ますから」

俺と同じ年ぐらいの店主がそう言うから、俺は近くにある熱帯魚の水槽《すいそう》を眺《なが》めて時間を潰《つぶ》した。料金が書いてあるところをみると、売り物らしい。

ホテイアオイの間をピンクがかった銀色の鱗《うろこ》を持つ魚が横切った。じっと見つめているともう一匹《いっぴき》同じ魚が現れて、キスをするような動作を繰《く》り返す。

人間みたいに何度も唇《くちびる》をぶつけている。面白《おもしろ》い魚だと思って水槽の端《はし》に貼《は》られた名前を見た。

「キッシング、グラミー……？」

キスをするからキッシングなんだろうか。

「珍《めずら》しいですよね」

鍵を成型している店主が俺の視線の先をちらりと見た。

「前に聞いたんですけど、番《つがい》の片方が死ぬと寂《さび》しくてもう一方も死ぬらしいですよ」

「ウサギみたいだ」

ウサギを飼いたいと強請《ねだ》った姉に向かって、昔母親が「ウサギは寂しいと死ぬから駄目だ」と言っていたような気がする。

「いや、それは嘘《うそ》ですよ。俺の彼女がウサギ飼ってるんですけど、あいつら寂しくて死ぬようなタマじゃないですって。俺なんか部屋に行く度に足鳴らして威嚇《いかく》されますもん。機嫌《きげん》が悪いと飼い主にすら刃向《はむ》かいますからね」

かわいい小動物というイメージしかないウサギの意外な生態に驚《おどろ》く。

「足を鳴らす……？」

「こう、足を踏《ふ》み鳴らすみたいに。結構良《い》い音するんですよ。実際、あいつらのキック力半端ないですから」

実際に男が足を鳴らして見せる。靴《くつ》がタン、と音を立てる。

「はい、出来ましたよ」

ふっ、と削《けず》りかすをブラシで掃《は》いて男が俺に鍵を差し出す。

「早いですね」

「このタイプは簡単なんですよ」

閉店時間までもう間もなくだった。

料金を払《はら》い店を出ると、寄り道をせずに家に帰って、わざと置き去りにしていた携帯電話《けいたいでんわ》を手に取る。

メールを送った後はいつも返信が気になって、携帯ばかりを飽《あ》きもせずに見つめてしまう。期待と落胆《らくたん》を繰り返す自分が嫌《いや》で、最近はこうして意識的に放置することも多い。

携帯には緒方から返信があった。それだけで少し嬉しくなる。

『いつでも好きな時に来てください』

短い文章を何度も読み返す。

さらに返信をしようとしたが、鬱陶《うっとう》しく思われるのが嫌で我慢《がまん》する。

その時に口実のように笹川の件を思い出した。迷った末に出来るだけ簡潔に状況《じょうきょう》を説明してメールを送信する。返信が帰ってきたのは二時間以上経ってからだった。もしかしたらこの時間でもまだ仕事をしているのかもしれない。

『相談する際は被害者《ひがいしゃ》を伴《ともな》ってください。警察署なら女性警官もいますので、異性に被害状況を説明しにくければ派出所ではなく署の方に行ってください。同僚《どうりょう》が心配なのは分かりますが、出来ればあまり深入りしないでください。あなたが心配です』

じわっと頬《ほお》が赤くなる。

真剣《しんけん》に悩《なや》んでいる笹川を口実にした緒方とのメールのやりとりに、少し後ろめたさを感じるが、最後の一文にその後ろめたさが吹《ふ》き飛ぶ。

『ありがとうございます。笹川に伝えます。大丈夫《だいじょうぶ》です』

すぐに返信して、それから二つ折りの携帯を閉じた。

その夜は寝る前に再び緒方からのメールを読み返し、真新しい鍵を側に置いて目を瞑《つぶ》る。

眠《ねむ》りに落ちる最後の一息で夢で会えたらいいと、らしくもないことを願った。


木曜の夜に掛《か》かってきた電話は緒方からだった。

『すみません、夜中……というより明け方でよければ少し時間を作って会いに行けますが……』

週末の予定を尋《たず》ねるメールを送ったのは昼食の時だった。

「それって睡眠《すいみん》時間削るってことですか？」

会いたいが、最近忙しくて疲《つか》れている緒方の睡眠時間を削るのは嫌だった。図星なのか電話の向こうで、歯切れ悪く否定している緒方に向かって、殊更《ことさら》いつもと同じ声で言った。

「緒方さんが捕《つか》まらなかったら友達と飲みにいくつもりだったから、俺のことは気にしないでいいです。緒方さんもちゃんと寝《ね》た方がいいよ。仕事大変なんだろ？」

『すみません。お友達は、もしかして先日言っていた笹川さんですか？』

「いや、違《ちが》うけど」

飲みに行こうと思っている相手は高橋だった。

先日のメールで予定していた日付が今日の夜だ。緒方と会えるかも知れないから、高橋にはあらかじめ「もしかしたら駄目《だめ》になるかもしれない」と断っていた。けれどこの様子だと、結局予定通りに飲むことになりそうだ。

だけどそれを緒方に話すのを躊躇《ためら》う。

どうやら緒方は高橋をあまり快く思っていないらしい。前にその理由を聞いたら「あなたにとっては中学時代の親友かもしれませんが、我々にとっては塀《へい》の外にいる犯罪者です」と珍しく眉間《みけん》に皺《しわ》を寄せて口にしていた。

『敬介？』

「……他《ほか》の友達」

これ以上聞かれたら素直《すなお》に打ち明けようと思いながらも、曖昧《あいまい》に答える。

『そうですか。そういえば笹川さんの件は、その後どうなりましたか？』

話題が移ったことにほっとする。

「今のところ平気みたいだけど」

そう言うと電話の向こうから「危ないことはしないでくださいね。そういうことは警察に任せてください」と声をかけられる。

言外に心配だ、と言うような口調に頬が弛《ゆる》む。電話で良かった。こんなだらしない顔は緒方に見せられない。

「大丈夫です。じゃあ、仕事頑張《がんば》ってください」

通話を切った後で、もう繋《つな》がっていない携帯電話を残念な気持ちで見つめる。ため息を飲み込んで、明日の待ち合わせ場所を聞くために高橋にメールを打った。

『恋人《こいびと》にふられたのか？』

場所と時間を指定した後、付け足されたそのメッセージは無視する。

からかうように笑う高橋の顔が思い浮《う》かんで、折角《せっかく》の緒方との心地《ここち》よい余韻《よいん》が消されてしまい、思わず顔を顰《しか》めた。

金曜日の夜は仕事が終わってから、一度家に帰って私服に着替《きが》えた。

高橋に指定された通りに駅の出口で待っていると高級車が目前に停《と》まる。ドアを開いて乗り込むと、後部座席の友人が俺を見た。

中学時代からの付き合いだが、昔から柔《やわ》らかで整った作りの顔は変わらないままだ。格好によっては幼く見えるが、今のようにシックなスーツさえ着ていれば年相応に見える。

いや、変わったところがあった。初めて会った時からふわふわの癖毛《くせげ》だった髪《かみ》が、今は真っ直《す》ぐになっている。

「高橋、お前、髪……」

「黙《だま》れ」

ふと走り出した車のバックミラーを見ると、運転席の男がにやにやしているのが分かった。もしかしたら仲間内でさんざんからかわれたのかもしれない。

「似合ってる」

「ほっとけよ」

至極《しごく》嫌そうに高橋は目を眇《すが》める。

髪形はお世辞でなく似合っているし、前よりも甘い雰囲気《ふんいき》は無くなったが、恐《おそ》らく高橋は周りにその目論見《もくろみ》がばれているのが嫌なのだろう。

確かにヤクザの世界でそれなりに名前が知れている高橋が〝女性的な童顔〟というコンプレックスを抱《かか》えているなんて、誰《だれ》にも指摘《してき》されたくないだろう。

「そう言えば、榛原は減刑《げんけい》されたらしいな」

榛原は中学時代の俺と高橋の共通の知り合いで、高橋と榛原は同じ高校に進学した。相変わらず中学時代と同様に無茶《むちゃ》をしていたらしい。結局高橋は暴行罪で少年院行きになり、高校を中退した。当時は警察に捕まるなんて、頭のいい高橋らしくないと思ったが、高橋が荷担《かたん》した暴行事件の詳細《しょうさい》を榛原が周囲に吹聴《ふいちょう》して回り、警察の捜査《そうさ》の手が高橋に及《およ》んだ為《ため》らしい。けれどその件に関して、高橋は榛原を恨《うら》んでいるわけではないようだ。榛原は俺や高橋に憧《あこが》れながらもライバル視していたが、昔から高橋の眼中に榛原はいない。

だからこそ余計に、榛原がむきになって高橋を追いかけていた気がする。

榛原のことは緒方から聞いていたので「ああ」と相づちを打った。

「取り調べにも素直に応じて、必要な事は全《すべ》て吐《は》いたのが減刑の理由らしいな」

どこから仕入れているのか、相変わらず高橋はそういう事情に詳《くわ》しい。

日本にはアメリカのような司法取引という明確な概念《がいねん》はないが、捜査に協力的な容疑者にはある程度の優遇措置《ゆうぐうそち》が取られるのだと、以前緒方が教えてくれた。

「肩《かた》の傷はもう平気なのか？」

俺が撃《う》たれたことを知っている高橋は、俺の右肩に視線を走らせる。

直接会うのは五ヶ月ぶりだ。肩を撃たれて入院したとき、高橋が見舞《みま》いに来て以来になる。

あの時高橋が持参したメロンは家族に取られた。オレンジ色のメロンだった、と後日上機嫌《じょうきげん》な妹から写真付きで携帯《けいたい》にメールが届いたのを覚えている。

「いつの話だよ。とっくに塞《ふさ》がってる」

「ならいいけどな」

高橋は肩から視線を逸《そ》らす。もしかしたらずっと気にしていたのかもしれない。

緒方は高橋のことを悪い人間だと思っている。確かに肩書きだけみたらそうかも知れない。

でも俺は高橋を悪い奴《やつ》だとは思えない。口が悪くてときどき厄介《やっかい》だが、それでも友人だ。

しばらくして車が停まったのは、隠《かく》れた場所にあるビルの前だった。

数週間前にもこのあたりにあるキャバクラに先輩《せんぱい》と来た。けばけばしいネオンの通りから一本入った場所なので、聞こえてくる喧噪《けんそう》は少し遠い。

車を降りてビルに近づくと、ボディガードなのか助手席にいた男が付いてくる。男は高橋とは違って見るからに強そうだ。背も高く筋肉もしっかりと付いた厚い体をしている。

高橋は慣れた様子でエレベーターに乗り、目的の階数を押す。

押されたボタンはオレンジに光り、上昇《じょうしょう》を始めた。軽《かろ》やかな音を立ててドアが開くと、そこは既《すで》に店内になっている。店はかなり混《こ》んでいて、腹の底に来るような重低音が聞こえた。

乗るときとは反対の方向が開いたので、高橋の部下は驚《おどろ》いたように背後のドアを見る。焦《あせ》って「開く」ボタンを押そうとして、間違《まちが》って「閉じる」ボタンを押してしまう。

降りようとしていた高橋がドアに挟《はさ》まれそうになり、俺は慌《あわ》てて手で扉《とびら》を押さえた。

「あ、すんません！」

今度は焦ったように「開く」ボタンを押そうとして、別の階のボタンを押す。再び閉《し》まり掛けたドアに、俺は再び手で扉を押さえる羽目になった。

高橋はその部下を一瞥《いちべつ》もせずにさっさとエレベーターから降りる。

続いて降りた俺が扉の向こうに消える高橋の部下を見ていると、横からため息が聞こえた。

「アホなんだ」

「え？」

高橋の眉間に皺が増える。

「あいつはついこの間も組長の愛人をエレベーターで挟もうとしたんだ」

「……」

「悪い奴じゃない。本気でやり合えば俺よりも強いし度胸もある。ただ、アホなんだ」

苦労しているのだろう。声に苦渋《くじゅう》が滲《にじ》んでいた。

高橋はため息混じりに顔を歪《ゆが》めると、人混みを避《さ》けてカウンターに向かう。

店は壁《かべ》のない広々としたフローリングの空間が広がり、一段低くなったところに各ブースがある。横手にはカウンターと窓辺にはスタンディングで飲めるように高い位置に木製のテーブルが付いている。窓は硝子《ガラス》が二重になり、間に水が入っていた。下から時々泡《あわ》がぼこぼこと立ち上る。そのせいで遠くにある東京タワーが、まるでオレンジ色のゼリーみたいに見えた。

戻《もど》ってきた高橋はロフトのようになっている二階へ向かう。その後に付いてフットライトに照らされる階段を上る。二階席は一階より木肌《きはだ》の色が濃《こ》くなったフローリングの床《ゆか》に、木を正方形に切っただけのブロックテーブルと、コの字になっている白いソファが置かれていた。ブースは板《いた》硝子で仕切られている。透明《とうめい》な硝子に色とりどりのインクがマーブル模様を描《えが》いているが、インクの間から他《ほか》の席を窺《うかが》うことはできた。

二階席からは下のフロアがよく見えたし、フロアからも二階席が見える。

「珍《めずら》しいな。騒《さわ》がしいのが苦手なんじゃなかったのか？」

「酒が美味《うま》いんだ。それに、二階はチャージ取られるから人が少ないしな。下とは防音硝子で仕切られてるからそれほどうるさくないだろ？　ガキの高い声聞きながら飲むのは苦手だ」

高橋の言葉に思わず笑う。お互《たが》いまだ二十一歳だ。つい最近まで俺達だって十代だったのに高橋はそれを忘れてしまっているようだ。

けれど確かに高橋の見た目は十代と言っても良いほど若いが、中身は年齢《ねんれい》以上に成熟している。俺と話しているときは、学生時代の名残《なごり》で年相応の話し方をすることがあるが、それでも普通《ふつう》の二十一歳とは違《ちが》う。

しばらくして酒が運ばれてくると、高橋はグラスに口を付ける前に次の酒を注文した。

店員がいなくなると高橋はネクタイを解《ほど》き、疲《つか》れた様子でポケットから煙草《たばこ》とライターを取り出す。

「最近忙《いそが》しいのか？」

「お前のカレシのお陰《かげ》でな」

高橋はそう言って細身の煙草を咥《くわ》える。火を点《つ》けて高橋が煙《けむり》を吐き出した瞬間《しゅんかん》、香《かお》ったバニラビーンズの匂《にお》いに、それが煙草ではなく自分も一度吸ったことのあるシガリロだと気づく。

「上の連中が喜んでるよ。本格的な関東進出がしやすくなったからな。俺は賛成しないが」

高橋は関西に本拠地《ほんきょち》を持つ国光組《くにみつ》の一員だ。

今年の初めに俺が榛原に誘拐《ゆうかい》されたのは、あいつが俺を利用して高橋に接触《せっしょく》しようとしたためだった。その時の事件をきっかけに、緒方は関東に根を張っていた二大勢力の海老殻《えびから》組と千《ち》曲《く》会《ま》の勢いを殺《そ》ぐことに成功した。そのためこれを機に関東の主権を手に入れようと、他の組が乗り出して来ているらしい。

それはあらかじめ緒方にも想像が付いていたらしく、取り締《し》まりは前以上に強化していると聞いた。

当然そのことは高橋も知っているだろうが、不利な状況《じょうきょう》に燃えるのが高橋という男だ。今の発言はらしくない。

「珍しく弱気なのか？」

そう尋《たず》ねると高橋が舌の上で転がしていた煙を吐き出す。

「うちは海老殻や千曲ほど人材が豊富じゃないからな。将来的には関東進出もいいが、今こっちに出るのは無謀《むぼう》だな。無理をすれば関西で固めた地盤《じばん》すら危《あや》うくなる。不相応な野心なんか抱かねぇで、西で大人しくしてれば良《い》いんだ」

そんな話をしていると、隣《となり》のブースに男女が入る。

高橋は一瞬《いっしゅん》そちらにちらりと視線を向けた後で、話題を変える。流石《さすが》に一般《いっぱん》の人間に業界の深い話を聞かせるのは嫌《いや》なのだろう。ブースとブースの間の硝子は防音ではないのだ。

「お前が悪趣味《あくしゅみ》なのは知っているが、なんであれと付き合うことになったんだ？」

あれ、とは緒方のことだろう。前に緒方は誘拐された俺の居場所を突《つ》き止めるために、高橋の顳顬《こめかみ》に銃《じゅう》をつきつけて脅《おど》したらしい。

後日、電話でどういう関係だと高橋に聞かれ、俺は隠さずに打ち明けた。

薄々《うすうす》分かっていたのか、高橋はとくに驚きもしなかった。

今更《いまさら》その話を聞かれるとは思わず、俺はきつい酒を口に含《ふく》みながら「なんでって、別に」と曖昧《あいまい》な返答をする。

「体の相性《あいしょう》か？」

「……おかしなこと言うなよ」

昔は俺からその手の話をすると、「男同士の話なんて拷問《ごうもん》だ」と言っていたのに、何故《なぜ》か今日はそんな質問をしてくる。

「向こうにもそっちの趣味《しゅみ》があったのか？」

「……いや、俺が強引《ごういん》に……」

きっかけは緒方だった。緒方が榛原のことを好きだと捜査のために嘘《うそ》を吐いて、それを信じた俺が男同士のやり方を教えてやると無理矢理《むりやり》緒方に触《ふ》れた。結局は逆に襲《おそ》われてしまったのだが、俺が緒方に触れなければ、緒方が俺を好きになることはなかったんじゃないだろうか。だとしたら、確かに体の相性なのかもしれない。

そう考えると気分が沈《しず》んだ。体の相性なんて、いくらでも替《か》えが見つかる。

「へぇ、お前そんなに上手《うま》いのかよ？」

からかうように高橋が笑う。追加の酒が来て、ちょうど空いたグラスと取り替えて店員がいなくなると、高橋が俺の横に近づいてきた。

「なんだよ？」

「ちょっとしてみせろよ」

高橋が自分の唇《くちびる》を親指で拭《ぬぐ》う。

「はぁ!?」

「いいから、やってみせろ」

高橋が笑いながら口の端《はし》をあげる。いきなり耳元に唇を近づけてきた高橋の肩《かた》を押しやろうとすると、低い声で高橋が言った。

「あいつが俺に銃を向けたこと、これで勘弁《かんべん》してやるよ。知ってるだろ、敬介。俺はやられたらやり返すのが主義なんだ」

高橋はやると言ったらやる。一方的にやられて黙《だま》っている男ではない。このままでは言葉通り高橋はいつか緒方に銃を向けるだろう。

けれどどうして高橋がこんな取引を持ち出したのか、理解できなかった。もともと自分の容姿のせいで、普通よりも過剰《かじょう》に男同士には嫌悪感《けんおかん》を抱《いだ》いていたはずだ。

「お前の部下を潰《つぶ》した件も込みか？」

真意の摑《つか》めない高橋に、半分諦《あきら》めながら尋ねる。高橋の目的が読めないことに、嫌な予感を感じながらも、緒方のためだと割り切ろうとした。

「ああ」

一体何故こんなことになったのかと、近すぎる高橋との距離《きょり》に違和感《いわかん》を覚える。

緒方に対する罪悪感が頭の隅《すみ》にちらつくが、この程度で高橋が緒方の件を忘れてくれるというのなら、安いものだ。緒方が高橋に負けるとは思わないが、何か面倒なことを起こされても困る。ただでさえ同性の自分と付き合うことで、緒方にリスクを背負わせているんだ。

この上高橋の件でまで迷惑《めいわく》をかけたくない。

「……お前の方が悪趣味だ」

そう言って、ゆっくりと高橋の唇に自分のそれを重ねる。高橋がからかうように舌で俺の唇を舐《な》めた。

近づいた体から香る。バニラの匂い。煙の匂い。アルコールの匂いに混じって、整髪料《せいはつ》の匂いがする。学生時代から高橋が愛用している安物。だけど懐《なつ》かしい。お互い先のことなんか考えずに暴れていたあの頃《ころ》の匂いだ。

そんなものを嗅《か》いだら、当時の負けん気の強さまで蘇《よみがえ》ってくる。

「…っ」

高橋の舌からはラムの味がした。そう言えば先程《さきほど》高橋が口をつけていたのはダイキリだった。

「……ふ」

初めは高橋のやり方に委《ゆだ》ねながら、緒方とのキスを思い浮《う》かべる。少し弛《ゆる》んだ高橋の舌を吸い上げてから、宥《なだ》めるように甘噛《あまが》みする。それから上顎《うわあご》の方を舐めると、高橋が眉《まゆ》を寄せたのが分かった。そのまま角度を深くしながら舌を絡《から》める。

いつの間にか押し倒《たお》すような体勢になっていて、気づいた高橋が形勢逆転を図ろうとする。

こうなると、もうお互い引けない。

キスをするというよりは、いつの間にか力比べのようになっていた。

――負けるもんか。

恐《おそ》らく二人とも同じように思っているに違いなかった。

「っ」

吐息《といき》を奪《うば》い合い、舌を絡ませながら震《ふる》えるほど力を入れて、相手の体を後ろへ押し倒そうとする。

「くっ」

「……う」

そういえば学生時代にもこんなことがあった。中学の頃に高橋と殴《なぐ》り合いになって、お互い限界で引き分けなのは見えていたのに、それでも殴り合うことを止《や》めなかった。あのとき結局どちらが先に倒れたのか思い出せない。

「……はっ」

だんだん舌が疲《つか》れてくる。経験上、高橋からは折れないと知っている。

これ以上意地を張るのは馬鹿馬鹿《ばかばか》しくなって、俺から唇を離《はな》す。

——身内としたような複雑な気持ちだ。

荒《あら》い息を吐《は》きながら体を高橋から離して手の甲《こう》で唇を拭うと、俺と同じように唇を濡《ぬ》らして気まずそうな顔をした高橋が目の前にいた。

「途中《とちゅう》から趣旨《しゅし》忘れてたな」

言い訳のようにそう言うと、高橋は荒い息の合間に「割りに合わない……」と呟《つぶや》く。

「割り？」

「…………なんでもねぇよ、忘れろ」

荒い息のまま髪《かみ》をかきあげる高橋の姿は、贔屓《ひいき》抜《ぬ》きに色気がある。酸欠のために顔を紅潮させ、目元を潤《うる》ませている姿だけ見れば、名の知れたヤクザには見えない。

顔だけは確かに好みだ。

けれど友人に手を出すほど飢《う》えてはいないし、一度も高橋に対してそういう感情を抱いたことはない。こいつは俺にとって性欲《せいよく》の対象である以前に、昔馴染《むかしなじ》みの友人だ。それ以上でもそれ以下でもない。

「……はぁ」

高橋がため息を吐くと、まるで俺がこの馬鹿げた行為《こうい》を持ちかけたかのようだ。

「おい、お前が言い出したんだろ」

こっちは高橋の悪趣味《あくしゅみ》な提案にのってやっただけなのに、被害者面《ひがいしゃづら》されても困る。

「ダメージを与《あた》えようとして逆に与えられた気持ちがお前に分かるか？」

「知るかよ。それ自業《じごう》自得だろ」

「はぁ」

高橋は来たときよりもずっと疲れた顔をしていた。苦虫《にがむし》を嚙み潰したような顔をする高橋と

一緒《いっしょ》にいるのが気まずくて、トイレを理由に席を立つ。一階に下りてカウンターに寄り、頼《たの》ん

だビールを手に人混みをすり抜《ぬ》け、窓辺で口直しするように飲む。

このビールを飲み終わったら席に戻《もど》ろうと決め、温《ぬる》くならない内にと再び口をつける。

俺の戻りが遅《おそ》いと、高橋がさらに先程の行為を後悔《こうかい》しそうな気がしたからだ。

何で俺がこんなに高橋に気を遣《つか》わなければならないんだ、と前髪《まえがみ》をぐしゃりと搔《か》き上げる。

結局高橋が何をしたかったのかも分からないままだ。

「この店にはよく来るんですか？」

窓に映る東京タワーが、下から浮かび上がった泡《あわ》のせいで歪《いびつ》に崩《くず》れるのを見ていると、不意に横に来た男に声をかけられた。

聞き間違《まちが》えるはずのない声に驚《おどろ》いて振《ふ》り返れば、仕事をしているはずの緒方が立っていた。

「緒方さん」

こんなところで会うと思っていなかったので、驚いて目を見張る。

緒方は珍《めずら》しく髪をあげて、メガネを掛《か》けていなかった。整った顔が惜《お》しげもなく晒《さら》され、上等なスーツが嫌味《いやみ》なくらい似合っている。いつもとは違《ちが》う意味で刑事《けいじ》には見えない。

先日キャバクラ帰りに見た格好と同じで、遊び慣れた印象を受けた。

「だぁれ？　知り合い？」

緒方の後ろから現れたのは、あのときに見た金髪《きんぱつ》の女性だった。緒方よりは若いが、俺よりも年上のようだ。相変わらず緒方の腕《うで》を摑み、それを自分の胸に押し付けるような格好で立っていた。

仕事で会えないと聞いていたのに、一体何故《なぜ》彼女とここにいるのだろうか。

緒方の格好は彼女のためのものだろうか。俺と会う時の緒方はこんな格好をしたことがない。普段《ふだん》は仕事帰りのスーツや、ラフな格好がほとんどだ。外で会うときも居酒屋や小料理屋ばかりで、こういう店には来たことがない。

「かっこいいね、しょーかいしてよ」

女性が緒方の腕を引いて強請《ねだ》る。

緒方は彼女に視線を移すと、かがみこんで耳元に何かを囁《ささや》いた。すると女性は面白《おもしろ》くなさそうな顔をして、小さく悪態を吐《つ》いてから踵《きびす》を返して人混みの中に消える。

「今の人……、誰《だれ》ですか？」

思わず声に棘《とげ》が混じった。

「知り合いです。あなたが関《かか》わるような相手ではありません」

「仕事じゃなかったんですか？」

「……これも仕事の一環《いっかん》です」

俺の質問に素っ気なく答える。

その答えだけでは満足できなかった。どう考えても、ここは仕事場に見えないし、先程の女性も刑事には見えない。けれど、続くはずだった疑問は向けられた緒方の視線で封《ふう》じられる。

「高橋一美《かずよし》とはずいぶん仲がいいようですね」

射貫《いぬ》かれるような眼差《まなざ》しに、体がびくりと硬直《こうちょく》した。

「彼とは、そういう関係なんですか？」

怒《いか》りを押し殺したような声だ。先程のキスを見られていたのだと、その声音《こわね》に教えられる。

自分たちからすれば、意地の張り合いのようなキスだったが、傍《はた》から見れば熱烈《ねつれつ》なものに見えたかも知れないと、今更《いまさら》ながらに気づく。

緒方は黙《だま》ったまま俺を見ている。ありえない誤解に、慌《あわ》てて首を振った。

「違います、あれは……ふざけてて」

どう言ったらうまく伝わるのか分からない。高橋の脅《おど》し交じりの悪ふざけにつきあっただけだといったところで、緒方が納得《なっとく》するとも思えなかった。

「高橋とは、そういう関係なんですか？」

「まさか、あり得ません」

強く否定したが、緒方の声がさらに険しさを増す。

「ああ、そういえばあなたにとってセックスなんて大したことじゃないんでしたね。高橋にも男の抱《だ》き方を、教えてあげたんですか？」

緒方と最初に関係を持った時、榛原を好きだと言った緒方に「男の抱き方を教えてあげます」と迫《せま》った。自分を練習台にすればいいと、誘《さそ》った。そんな始まりでは何を言われても仕方ないのかもしれないが、緒方と寝《ね》てからは誰も抱いていないし抱かれてもいない。

それは緒方も知っているはずなのに。

「してません。本当に高橋とは……」

言葉を遮《さえぎ》るように「敬介」と名前を呼ばれる。

振り返れば、そこに立っていたのは高橋だった。

緒方を見てにやりと口の端《はし》を上げる。一度しか会ったことがないはずなのに、高橋は一目で目の前の男が以前自分を脅した刑事だと気づいたようだ。

「一人でいなくなるなよ。寂《さび》しいだろ？」

高橋はそう言って、抱きつくように俺の肩《かた》に凭《もた》れる。何を考えているんだとその顔を覗《のぞ》き込めば、やたらと近づいた唇《くちびる》が「今日は朝まで俺の相手をしてくれるんだろ？」と言った。

わざと緒方を挑発《ちょうはつ》するような態度の高橋に苛立《いらだ》ち、軽く睨《にら》み付ける。

「離れろ」

俺に触《ふ》れている高橋を見下ろして、緒方が酷《ひど》く冷たい声で言い放つ。

高橋はわざとらしく両手をあげて離れる。

「俺らなんかに構っててもいいのか？　オマエの女が別の男と言い争ってるぞ」

高橋は含《ふく》みのある言い方をして、緒方を見上げた。

その視線の先には、カウンターの近くで男と揉《も》めているあの金髪の女性がいる。

「黙れ」

声を荒げることはなかったが、その一言からは緒方の怒りが伝わってきた。

高橋から遠ざけるように、緒方が俺の手首を掴《つか》んで自分の方に引き寄せる。

「二度と俺のものに触《さわ》るな」

普段とは違う粗野《そや》で冷たい口調で、緒方が高橋に向かって言い放つ。

一階は二階と違って騒々《そうぞう》しい。会話は近づかなければ音楽に掻き消されてしまう。だからといって、こんな場所で緒方が俺との関係を肯定《こうてい》したことに驚く。

人目がある場所では、暗黙《あんもく》の了解《りょうかい》で俺達はただの友人だった。関係を示唆《しさ》しないことが、緒方と付き合う上での決まりだと思っていた。

「確かに、今は……そいつはあんたのもんかもな」

無駄《むだ》に緒方を挑発した高橋に困惑《こんわく》と違和感《いわかん》を感じながら、腕を引かれるまま店を出る。

その途中で先程《さきほど》の女性が緒方をみて「どこ行くのよぉ！」と声をあげたが、緒方は無視したまま俺の手を離さなかった。

痛いぐらい手首を握《にぎ》られたまま、俺は緒方と見知らぬ女性の関係に嫉妬《しっと》した。

緒方の車でマンションへ向かう。車内ではお互《たが》い口を開かないまま、自動で開いたガレージの扉《とびら》から地下に入り、車を降りた。

「……緒方さん」

堅《かた》い雰囲気《ふんいき》の緒方に何をどう言ったらいいのか分からないまま、名前を呼ぶ。

「話は部屋でします」

その言葉に大人しく従う。

隅《すみ》のエレベーターから上に上がる。何もしゃべらない緒方が気詰《きづ》まりだった。

先程の女性は誰なのか尋《たず》ねたいが、自分と高橋の誤解を解くのが先決だった。

俺だって、緒方が他《ほか》の誰かとキスをしているところを見たら疑う。緒方がなんと言おうと、簡単には信じないだろう。

目的の階に着いて、エレベーターを降りた緒方に続く。

部屋に入った途端《とたん》、腕を摑まれて着衣のままバスルームに連れて行かれた。

「ちょ、何っ……!?」

腕を摑まれ、浴室の壁《かべ》に背中をぶつける。

緒方らしくない手荒《てあら》なやり方に驚《おどろ》いていると、頭上から冷たいシャワーが降ってくる。

抗《あらが》うこともできずに、服が濡《ぬ》れる。ジーンズのポケットに入ったままの携帯《けいたい》が気になったのは一瞬《いっしゅん》で、緒方に嚙《か》みつくようなキスをされるとそれどころではなくなった。

「んっ」

唇を嚙まれ、甘さもなく強引《ごういん》なキスをされる。優《やさ》しさも心地《ここち》よさもない、蹂躙《じゅうりん》するようなそれに、吐息《といき》を奪《うば》われて息が上がる。開いた口の中に、シャワーの水が入ってくる。息苦しくて、咳《せ》き込んだ。

「は……っ」

シャワーの水流から外れそうになると、その中に引き戻《もど》される。

キスをすれば当然、緒方も濡れた。それでも、緒方はシャワーを止めようとはしない。

いくら夏だといっても、真水はさすがに冷たい。体中ぐっしょりと濡れて、震《ふる》え出した頃《ころ》にようやく緒方が水を止めた。

体から落ちたしずくがタイルに当たって、ぽたぽたと小さな音を立てる。

それから俺の首筋に顔を寄せて、押し殺した声音で言う。

「他の男の匂《にお》いをつけるなんて、二度と許しません」

唸《うな》るような声音に本能的な恐怖《きょうふ》を感じると、再び貪《むさぼ》るように唇を合わせられる。

高橋の吸っていたシガリロの匂いが俺の服に移っていたのだろうか。

「俺……」

言いかけた言葉を遮るようにファスナーを下げる音がして、下着まで濡れた服の中に緒方の指が入り込む。

「ぁ……」

下着ごとジーンズを脱《ぬ》がされ、キスをしたまま穴に緒方の指が挿れられる。

慣らすというよりはこじ開けるように、そのまま奥まで入り込む。ぐるりと狭《せま》さを確かめるように指を回されて、思わず背後の壁に手を突《つ》く。掌を着けた壁の冷たさだけが、妙《みょう》な現実感を持っていた。

「あっ、う……」

二本目が入り込んでくる。手荒に動かされて、痛みを感じる。

「く、ぁ」

こんなの殴《なぐ》られてた方がましだと思った。泣き言を口にするのが嫌《いや》で、奥歯を噛みしめる。

「っん」

唇を塞《ふさ》がれる。緒方の指を受け入れながら、痛みだけに集中する。

けれど馴《な》れている体は、勝手にその中から快感を拾い上げようとする。体の奥が勝手に収縮して、指を飲み込む。自分のペニスが張るのが分かって、居たたまれない気分になる。

痛みだけ感じてれば良《い》いんだ。緒方の目的はそれなんだから。

愛撫《あいぶ》されていないのに、感じているなんて自分が浅ましい人間になった気がする。

拳《こぶし》を作った手を口元に当て、喉《のど》の奥で声を殺す。喘《あえ》いでしまえば、高橋のことを反省してないと思われそうで嫌だった。

「……っ」

再び壁をひっかく。爪《つめ》がガリッと音を立てると、それに気づいた緒方が片手で俺の手を掴む。

その最中も、体の奥は抉《えぐ》られたままだ。指がピストンする度《たび》に濡れた音が聞こえる。

「ン……く」

手で口を押さえることも出来ず、甘い響きが混じった声があがるのを止めることが出来ない。

「気持ちいいですか？」

緒方は息一つ乱してはいなかった。声も、欲情《よくじょう》に掠《かす》れているわけじゃない。

先程と変わらないひどく冷静な声に、冷や水を浴びせられたような気持ちになった。

大きく首を横に振《ふ》ると、胸を弄《いじ》られる。

「ひっ」

痛いほどきつく濡れた服の上から胸の先を抓《つね》られて、思わず肩が揺《ゆ》れる。

じん、と痺《しび》れたその場所に何か硬《かた》い物が当たる。

視線を落とすと、緒方の左手の薬指に見覚えのないシルバーのリングが嵌《はま》っていた。

「あ……」

いつの間にか目の縁《ふち》に溜《た》まっていた涙《なみだ》が零《こぼ》れる。

誰《だれ》が緒方と指を繋《つな》いでいるのだろうと思ったら、耐《た》えきれなくなった。先程の女性の姿が頭に浮《う》かぶ。

声は殺した。だけどしゃっくりが出て、涙が止まらなくなる。

緒方は相変わらずひどく怒《おこ》っていて怖い。高橋のことを言い訳したいのに、緒方は俺が話すのを拒《こば》んでいるようだった。けれど俺だって、緒方に先程の女性のことを問いつめたい。

「も、……嫌だ」

緒方の手から逃《のが》れようとしたが、思ったようにはいかなかった。

穴を弄っていた手が、半分勃《た》ちあがったペニスに触《ふ》れる。

「やめろっ」

とてもそんな気分じゃない、と身を捩《よじ》ったのに強引に弄られる。

「ぁ……や、だ」

止《や》めてほしいのに、もう嫌なのに緒方の腕《うで》からは逃れられない。快感から遠ざかろうとするが、不用意に緒方にペニスをこすりつける形になる。

「高橋に抱《だ》かれたんですか？　それとも、抱いたんですか？」

緒方が耳元で囁《ささや》く。

酷《ひど》いことを言われているのに、その声にすら感じそうになる。

「もしかして両方？」

声は笑っているが、優しいどころかいたぶる様な声音《こわね》で責められる。

「アッ」

ペニスの先端《せんたん》ばかりを、指先で擦《こす》られた。腫《は》れ上がった亀頭《きとう》の奥が疼《うず》くような熱を感じはじめる。すぐに粘《ねば》つくガマン汁《じる》が緒方の指を濡らす。

「ふっ……う」

声を殺したくて、自由になった両手で口を覆《おお》う。

「答えて」

「して、ない」

首を横に振りながら答える。どうしたって信じてくれないのに、どうして尋ねるんだ。

「あいつとは、何にもない。緒方さんとしかしてない」

泣きながら口にする。胸を弄る緒方の手を拒絶《きょぜつ》したくて緒方の手の甲《こう》に爪を立てる。ろくに力が入らないままひっかくと、窘めるように強い力で抓られる。

「っ」

手を外そうとして、指輪に触れてしまう。冷たい金属に悲しくなる。

答える言葉が嗚咽《おえつ》に変わり、それを無理矢理《むりやり》飲み込もうとすると余計に涙が出た。

こんなに悲しくて切ないのに、勃起《ぼっき》したままのペニスが緒方の手の中で絶頂への期待に震えている。ちぐはぐな心と体が余計に情けなくなる。

「もう……やだ」

「わかりました」

すっと緒方が俺の体から手を放す。突然放《とつぜんほう》り出されて、所在なく見上げると緒方は自分でファスナーを下ろす。

「上手《うま》くできたら、終わりにしてもいいですよ」

緒方の言葉の意味が分かって、頬《ほお》が赤くなる。

初めて緒方に触れた時、俺は緒方を抱こうとした。穏《おだ》やかで人が好《い》い男を快感で溶《と》かしてやろうと、緒方のペニスを取り出してしゃぶった。

あのときは羞恥《しゅうち》なんてなかった。

付き合ってからも何度かしたことがある。だけど全《すべ》て自分からやったことで、こんな風に緒方に強要されたことは一度もない。

「触《さわ》られるのは嫌なんでしょう？」

凍《こお》り付くような声と眼差《まなざ》しに子供のように涙で曇《くも》る目をごしごしと擦って、堅《かた》いタイルに膝《ひざ》を突く。冷たい緒方の表情を見たくなかったから、俯《うつむ》いたまま下着の中からまだ柔《やわ》らかいペニスを取り出す。反応していないことに悲しさを覚えながらも、舌を這《は》わせた。

冷たいシャワーで濡《ぬ》れたそれが、徐々《じょじょ》に硬《かた》く熱くなっていくように舌と手で育てる。元々大きな緒方のモノは、勃起すればさらに大きさを増して、口の奥まで受け入れるのが困難になる。

「ふっ、ぁ」

それでもはち切れそうな太いペニスを喉の奥までくわえ込んで、唾液《だえき》を絡《から》ませるように舌を這わせた。

これで高橋とキスしたことが許されるんだろうかと、そんなことを考えながら舐《な》める。

許してくれるならそれでいいと思った。これを理由に振られたら、立ち直れない。

「んっく」

物を飲み込むように喉を使うと、えずきそうになる。

「ッン、ん」

緒方は指で俺の濡れた頬を拭《ぬぐ》う。その指に嵌ったままの指輪が触れて、緒方の腕に凭《もた》れていた女性が頭のなかにちらつく。仕事だと偽《いつわ》ってあの店にいたのは、二人が特別な関係だからなんだろうか。緒方は仕事だと言ったが、それを信じられるはずもない。

甘えた舌足らずの声と標準より大きく、服からはみ出すように盛り上がっていた胸を思い出すと、切なくなる。どうしたって、勝てそうにない。

「無理矢理犯《むりやりおか》してるみたいですね」

泣き顔を緒方に見られたくはなかった。さっさと泣きやまなければと思うのに、涙は思い出したように時折目の縁から零れる。冷えた頬を伝う涙が、やけに温かい。

「それはそれでそそりますけど……」

緒方は子供を褒《ほ》めるように頭を撫《な》でる。緒方の欲望《よくぼう》を口に入れているせいで膨《ふく》らんだ頬を、外側から撫でられて、感じたくないのに背中がぞくぞくした。顔を動かした拍子《ひょうし》に、間違《まちが》って歯がぶつかる。

それでも優《やさ》しく髪《かみ》を梳《す》く手つきに、もう高橋の件は許されたのだろうかと期待した瞬間《しゅんかん》、口からペニスが抜《ぬ》かれる。先走りと唾液が糸を引いて、透明《とうめい》な液体が口の端《はし》から零れた。

それを手の甲で拭うと、俯いた顎《あご》を緒方の手で上向かされる。

「もういいです。何を考えていたかは知りませんが、だらだら舐められるだけじゃいけませんから」

緒方にぐいっと腕を引かれて再び立たされると、濡れた服を乱暴な動作で剝《は》ぎ取られた。緒方は上着とシャツを脱ぐと、煩《わずら》わしそうに濡れた髪を搔《か》き上げ、俺の体を壁《かべ》に押しつける。

背後から緒方に腰《こし》を摑《つか》まれ、逆らう間もなく緒方の硬いペニスが穴の周囲に擦りつけられた。

「っ」

入ってくる瞬間、思わず手を壁に突《つ》いて仰《の》け反《ぞ》る。

立ったままで後ろから受け入れさせられるのは初めてだ。入ってくる度《たび》に体が逃《に》げようとして踵《かかと》が浮きそうになり、緒方に引き戻《もど》される。

「はっ、……ぁ、アッ」

前立腺《ぜんりつせん》を擦られて、声が上擦った。媚《こ》びるような自分の声が嫌《いや》になる。

逃げようとした腰を、強く摑む指に嵌《は》められた指輪の冷たさを感じてしまう。

――やっぱり、女性が良《い》いんじゃないか。

ひっく、と喉《のど》の奥が鳴った。悲しくて腹が立つのに、体を犯《おか》す熱からは逃れようもない。

「ひ、ァ…ン、ん」

耳元でかすかに緒方が笑った気がした。

「今回は許します。ですが、二度目はお友達にも相応の償《つぐな》いをして頂きます」

そう言って、まるで罰《ばつ》だというように一気に奥まで深く貫《つらぬ》かれた。

「あぁぁあっ」

それだけで射精した。体の奥に電流が走ったように、足先まで震《ふる》える。

飛び散った精液が、壁《よこ》を汚していた。自分がだらしなく飛ばしたそれを、呆然《ぼうぜん》と見下ろしていると、ぎりぎりまで抜かれたペニスが再び奥まで入ってくる。

「――――っ」

まだ全身が小刻みに震えていた。舌まで痺《しび》れるような快感を味わされたのに、また体の中を突《つ》き上げられる。

「や…っ」

突かれるたびに、押し出されるように白濁《はくだく》したものがペニスの先から零《こぼ》れる。

「い、やっ……ぁっ、あ」

激しく揺《ゆ》さぶられて、身もだえる。逃《のが》れたくてもそんな力はとっくに残っていない。ただただ緒方の好きなように体を揺さぶられて、過ぎた快感を体の奥で必死に受け止める。

受け止めきれなかった分が、ペニスの先からこぼれ落ちていく。

「んっ、あっ、アッ、ん」

勃起したままタイルを汚し続けるペニスを、緒方が軽く手の中で扱《しご》く。

「ひ…っ…」

ろくに刺激《しげき》を与《あた》えられなかったその場所は簡単に硬さを増すと、緒方の手のなかで震える。

「や、うっ……、や…ぁだ」

先の方ばかりを何度も弄《いじ》られて、熱いもので体の中を執拗《しつよう》に責められる。

達したばかりなのに、また体の奥の方から欲望がせり上がってくる。

「あ、あ、ぁっ」

首をうち振《ふ》りながら、緒方の手首を摑む。けれどその手から逃れることは出来なかった。

「―――――っ」

神経が焼き切れるような感覚だった。体の奥をぎりぎりと締《し》め付けてしまう。

頭のどこかがおかしくなりそうで、許容量を超《こ》えた快感に震えることしかできなくなる。

震えが治まる頃《ころ》に、ペニスの先からぽたぽたと床《ゆか》の上に零れたのは、白濁した精液ではなく薄《うす》い淫液《いんえき》だった。それを見て、自分がドライオーガズムを迎《むか》えたのだと気づく。

相手が迎える姿は何度も見たことがあるが、自分が経験するのは初めてだ。

力が抜けて、壁に寄りかかるように前のめりになる体を緒方が引き戻す。繫《つな》がったところが抜けかけて、そのせいでいつの間にか注ぎ込まれた緒方の精液が太股《ふともも》を伝って零れる。

緒方に凭れながら息を整えようとしたが、達したばかりだというのにまだ硬い緒方のペニスが、再び体のなかを掻き回す。

びくびく、とまだ波打っている内壁《ないへき》にそれが擦《す》れるのが気持ちよすぎて怖《こわ》い。

悔《くや》しさでも悲しみでもない涙《なみだ》が目尻《めじり》に浮《う》かぶ。

「瑞希」

縋《すが》るように名前を呼ぶ。

強すぎる快感は辛《つら》いばかりで、もういい加減許して欲しかった。

「瑞希……」

首を捻《ひね》って振り返る。酷《ひど》い男の顔を見ながら、キスを強請《ねだ》るように唇《くちびる》を近づけたが、緒方の唇は触《ふ》れもしないうちから離《はな》れてしまう。

じくりと胸の奥が痛んだ。

「……止《や》めてほしいなら言いなさい」

再び激しくゆさぶられながら、泣きながら助けを求めるように名前を呼んでいると、甘さのない掠《かす》れた低い声で緒方が命じる。

「二度と高橋には会わないと言いなさい」

その言葉を頭の中で反芻《はんすう》する。

首を横に振ると、舌打ちが聞こえた。

「ともだち、だから」

緒方は高橋を嫌っている。俺だって、わざと緒方を挑発《ちょうはつ》するようなことを口にした高橋に腹が立っている。だけど高橋を切り捨てることは出来なかった。

あいつは確かにヤクザで、厄介《やっかい》な男だが大事な親友だ。

「や…、や、だ」

緒方の望む答えを出せなかった罰のように、弄られすぎて痛みを覚える亀頭《きとう》を再び弄られる。

「私ではなく高橋を選ぶんですか？」

「違《ちが》う……っ」

苛立《いらだ》ったような緒方に、もう一度「友達だから」と続ける。

けれどその視線の険しさはなくならないまま、内心をそのままぶつけるように抱《だ》かれた。

そんな抱き方でも、体は快感を感じ熱くなる。けれど心は冷えていく一方だった。

分かって貰《もら》えないのが切なくて、過ぎた快感が苦しい。

甘く優しい、いつもの言葉や指が欲しくて、縋るように口にする。

「ゆるして……、許して」

首を振りながら体を捩《よじ》る。

願いを聞き入れてくれない緒方の体からどうにか逃れようとする。そのたび強く抱き直されて、より深く奥まで打ち付けられた。拷問《ごうもん》のような愛撫《あいぶ》に泣きながら、思わず「きらい」と口にする。

「も、きらい」

子供のように「きらい」と呟《つぶや》きながら、いつの間にか緒方の腕《うで》の中で意識を手放した。

気づいたのは緒方に抱き上げられて、ベッドに下ろされた時だった。

そのまま寝室《しんしつ》を出ていく緒方を引き留めようとしたけれど、出来ないまま目を閉じる。

遠くで玄関《げんかん》のドアが閉まるのを聞きながら、最後に口にした言葉と相反する言葉を呟く。

「……好きだ」

泣きすぎたせいで腫《は》れて熱を持った瞼《まぶた》に触れながら、キスを拒《こば》まれた唇に指を当てる。

高橋のせいで緒方がいつもしてくれていた優《やさ》しいキスがうまく思い出せなくて、あいつの取引に応じたことを今更《いまさら》ながらに後悔《こうかい》した。


目が覚めたのは午後になってからだった。

カーテンが閉めてあるせいで室内は薄暗《うすぐら》かったが、枕元《まくらもと》のデジタル時計は午後を示している。

「っ」

起きあがろうとすると、好き放題された体のあちこちが痛んだ。

予備校の授業のことを考えたが、時間的にはもう二コマ目が始まっている。

「宿題、折角《せっかく》やったんだけどな」

それでも寝過《ねす》ごしてしまったものはしょうがない。急ぐ必要がなくなったのだから、シャワーを浴びてから出ていこうと、ベッドの上で体を起こす。

リネンの黒いシャツとパンツは緒方が着せてくれたのだろう。もともと緒方の物なのか、ほんの少しだけ緒方の匂《にお》いがする。

歩くと腰《こし》に響《ひび》いて、壁《かべ》に手を突きながらベッドルームを出てリビングダイニングに向かう。

改めて部屋を見回したが、生活感の無い部屋だった。リビングにはテーブルと二脚《きゃく》の椅子《いす》。大きなテレビと、白い大きなソファが一つあるだけだ。モデルルームだってもう少し物がある。

広い部屋だから物がないせいで、寂《さび》しく見えた。

不意に携帯《けいたい》のことを思い出して、バスルームに向かう。タイルの上には脱《ぬ》いだ服がそのまま置かれていた。自分のジーンズを持ち上げると、ぽたぽたと水が落ちる。

ポケットの中には携帯と、鍵《かぎ》が入っていた。反対側のポケットには財布《さいふ》も入っている。引っ張り出した携帯を開いたが、液晶《えきしょう》は真っ黒のままボタンを押しても反応しない。

「最悪」

薄々《うすうす》分かっていたが、真っ暗な画面を眺《なが》めていると悲しくなる。

アドレスは消えても構わない。同じ番号で新しい携帯を入手すれば、用事がある奴《やつ》らは向こうから新しい携帯にかけてくるだろう。

けれど、保存していた緒方からのメールは全《すべ》て消えてしまった。その携帯を持つ自分の手首に赤い痕《あと》が残っている。緒方にきつく摑《つか》まれた場所だ。

この程度なら痣《あざ》にはならない。すぐ消えるだろう。その場所に、唇を押しつける。

「まだ、怒《おこ》ってるのかな」

服を拾い上げて、バスルームの横にある洗濯機《せんたくき》に放り込む。どうせ緒方はすぐには帰ってこないだろうと、洗濯機に背中をつけて昨日のことを思い出す。

背中から伝わる僅《わず》かな振動《しんどう》と水音を聞きながら、泣きそうになる。

膝《ひざ》を抱《かか》えて組んだ腕の中に頭を押し込んで丸まっていると、体の奥でどろりと粘液《ねんえき》が動いたのが分かった。

「っ」

覚えのある感覚に、よろめきながら立ち上がる。

服を脱いで浴室のドアを開けて入ると、タイルの上に体の奥に注ぎ込まれていたものが垂れて落ちる。白濁《はくだく》したそれが黒いタイルの上でやけに目立った。

情けない気持ちでシャワーのノズルを手にして、その場に座り込む。

浴槽《よくそう》の縁《ふち》に肘《ひじ》を載《の》せ、体を預けながら足を開く。体の奥に注ぎ込まれていたものを掻《か》き出すために、お湯で体を温めながら自分で指を埋《う》める。

「んっ……あ、っぁ」

本来は男を受け入れるべき場所じゃない。穴の入り口は太い緒方のペニスで、何度も擦《こす》られて傷んでいる。

指の関節がひっかかると、鈍《にぶ》い痛みを覚えて嫌《いや》な気分になった。

「っ……」

僅かに開いた穴の奥から、白濁した緒方の精液が零《こぼ》れる。

それでもまだ体の奥に残っている気がして、躊躇《ためら》いながらも指先にボディソープを付けて、穴の中に指を二本滑《すべ》り込ませると、痛みを覚悟《かくご》して開く。

生まれた隙間《すきま》にシャワーの水流を当てる。上体を伏《ふ》せて尻《しり》を上に突《つ》きだした格好で、そんなことをしている自分を惨《みじ》めに感じたが、できるだけ何も考えないようにする。

ボディソープが染《し》みる。体の奥に入り込んできたお湯にすら、痛みを覚えた。

指を引き抜《ぬ》いて、浴槽の縁に手を突いて体を起こす。体勢が変わると同時に、流し込んだお湯と一緒《いっしょ》に残りの精液もぼたぼたと零れる。

「うっ」

太股《ふともも》を伝い落ちる生ぬるいお湯と混ざったその精液に勝手に涙《なみだ》が流れた。

堪《た》えようとしたが、どうせ緒方はいないのだと思うと我慢《がまん》する理由も見当たらなくて、そのまま流れるに任せる。

「ふぇ、う、う——……」

こんなの最悪だ。

涙が止まるまでしばらく泣いてから、体を洗って浴室を出る。乾燥機《かんそうき》も兼《か》ねている洗濯機の中から乾《かわ》いた服を取り出して着た。

また泣きそうになったが、目元は熱くなるばかりでもう涙は出て来ない。

ぼんやりとしたまま、動く気力もなくリビングのソファに横になる。

休日なのに緒方は仕事に出かけたのだろうか。それとも、仕事と偽《いつわ》って昨日の女性とどこかで会っているのだろうか。

そんなことを考えていると、部屋の隅《すみ》にあった電話のベルが鳴り出す。

しばらく電話は鳴っていたが、九回目のコールで留守電に切り替《か》わった。

『由香《ゆか》です』

女性の声だった。昨日、高橋と行った店で聞いた声とはまるきり違《ちが》う、落ち着いた大人の女性の声だ。

ぎくりとして、電話を見つめる。

緒方宛《あて》の留守電を勝手に聞くことに後ろめたさを覚えながらも、耳を澄《す》ます。

『携帯に繋《つな》がらないからこっちに電話しました。指輪のサイズ、合ってたかしら？　まさか私からアナタに指輪を贈《おく》ることになるとは思わなかったわ。必要なものは出来る限り私が用意します。だからお願い……今度こそ私を幸せな花嫁《はなよめ》にして頂戴《ちょうだい》』

メッセージがあることをチカチカと緑色に点滅《てんめつ》しながら知らせている電話を見ながら、見たこともない「由香」という名前の女性に嫉妬《しっと》する。

美人なんだろうか。スタイルは良《い》いんだろうか。胸はでかいんだろうか。緒方の腕におさまる華奢《きゃしゃ》な体をしているんだろうか。どこで知り合ったんだろうか。一体何人、緒方の周りには親しくしてる女性がいるんだろうか。

「指輪……」

緒方の薬指に確かに嵌《はま》っていた銀色の指輪を思い出して、無意識に拳《こぶし》を握《にぎ》りしめる。

緒方が誰《だれ》かから贈られた指輪を嵌めているなんて、我慢できなかった。

「俺にはあんなに怒ったくせに、自分はなんなんだよ」

緒方の周囲に見え始める女性の影《かげ》に、腹の奥で嫌なものが溜《た》まる。

自分の喉《のど》が渇《かわ》いてることに気づいて、冷蔵庫から何か飲み物を取り出そうとした。

不意にテーブルの上に緒方のカフスボタンが置いてあるのが見えた。スクエア型にカットされた緑硝子《ガラス》のそれは昨日緒方が、女性に会うために着けていた物だ。

その瞬間《しゅんかん》緒方に対する怒《いか》りが膨《ふく》れあがって、苛立《いらだ》ち紛《まぎ》れに横にあった冷蔵庫の扉《とびら》を殴《なぐ》る。

バァン、と音がして殴った扉が凹《へこ》む。

赤くなった関節の部分を口に当てながら、知らなきゃ良かったと思った。

緒方に結婚《けっこん》を誓《ちか》った相手がいることなんて、少しも知らなかった。

「むかつく……」

貰《もら》ったばかりで一度も使わなかったこの家の鍵を、テーブルの上に置く。昨日のシャワーで濡《ぬ》れてしまったから、既《すで》にセンサーは壊《こわ》れているかもしれない。

湿《しめ》った財布と壊れた携帯を手にしてドアを閉めた途端《とたん》、ガチャリと鍵がかかった。その音を聞いて、何故《なぜ》だか少しだけ安堵《あんど》する。

しばらく緒方には会いたくないと思った。だけど明日になればきっと、会いたくて堪《たま》らなくなることもちゃんと、分かっていた。

財布に入れてあった、緒方に渡《わた》すつもりだった剝《む》き出しの合い鍵《かぎ》を握りしめてマンションを出る。

結局その鍵は緒方に渡さないまま、帰り道のゴミ箱に捨てた。


現場から戻《もど》っていつものようにロッカーに寄る。

汗《あせ》で濡れた作業着の上着を脱《ぬ》いでビニール袋《ぶくろ》に入れると、そのままロッカーから取り出したショルダーバッグの中に突っ込む。毎日汚《よご》れて毎日洗っているから、作業着はよれて端《はし》の方がすり切れているし、所々に黒く落ちない油汚《あぶらよご》れが付いている。もっと濃《こ》い色の作業着だったら誤魔化《ごまか》しも利《き》くが、薄緑《うすみどり》なので汚れが目立つ。そろそろ替え時かもしれない。

ロッカールームの横にあるトイレの洗面台で顔を洗い、Tシャツの袖《そで》で拭《ぬぐ》う。

今日は殊更《ことさら》暑かったせいで、気分が悪い。夏ばてするほど繊細《せんさい》な体じゃないと思っていたが、最近は湿度《しつど》が高くて気温の高い日が続いている。食べ物だって腐《くさ》りやすくなるんだから、人間にだって良い気候とは言えないだろう。

廊下《ろうか》に出ると、事務所の方からひそひそと押し殺すような声が聞こえてきた。

「おい、あれ見るからにそうだろ」

「なんだ、ストーカー野郎《やろう》がチンピラ雇《やと》ったのか？」

「チンピラか？　どっちかっていうと、ホストっぽいぞ」

事務所ではみんなが窓から外を窺《うかが》っていた。

「何してるんですか？」

声をかけると、びくっと全員が飛び上がる。

振《ふ》り返った副社長が「ヤクザもんが外にいるのよ」と言った。

「ヤクザ？」

「そうだ、さっちゃんを狙《ねら》ってる野郎が差し向けたに決まってんだよ」

先輩《せんぱい》の言葉に、さっちゃんこと笹川がびくりと怯《おび》えたように窓の外を見やる。

茶髪《ちゃぱつ》の新人は窓の外を見ながら「右の奴《やつ》が、かなり強そうッスね」と言った。

俺は彼らの間から外を見る。そこに居たのは車に寄りかかり、傍《かたわ》らに部下を従えた高橋だった。童顔を隠《かく》すためなのか、単純に眩《まぶ》しいからなのかサングラスを掛《か》けている。

「……あいつ」

思わず漏《も》れた俺の呟《つぶや》きに、視線が俺に集まった。

「知り合いか？」

「俺のダチです。すみません、すぐどかします」

そう言って事務所を出る。

「よぉ」

高橋は俺を見ると悪びれもせずに片手を上げた。

「なんだ、恋人《こいびと》とケンカでもしたか？」

俺の不機嫌《ふきげん》な顔を見て、面白《おもしろ》そうに笑う。

ケンカの原因を作った男のその言葉を聞いて思わず殴りかかるが、その拳を高橋に摑《つか》まれる。

「危ねぇなぁ」

「まだこっちに居たのかよ」

本気で当てるつもりだったのに、止められた。細身の体をしているが相変わらず力が強い。だけど高橋には負けた分だけ勝ってきた。だからお互《たが》い一番荒《すさ》んでいた頃《ころ》に、友人関係を築けたのだろう。今でもこいつとは互角《ごかく》でいられる自信がある。

「ちょっと話したいことがあってな。とりあえず立ち話もなんだし、お前もこんなところでやり合いたくねぇだろ？」

高橋の視線が俺から俺の背後に向けられた。

恐《おそ》らくその視線の先には、窓から外を見ている会社の仲間がいるのだろう。

「……放せよ」

そう言うと、腕《うで》を掴んでいた高橋の手が外れる。

「俺にはお前と話したいことなんかない。迷惑《めいわく》だ」

はっきりとそう告げる。踵《きびす》を返そうとすると、高橋が「あの男がやばいって言っても？」と口にする。あの男なんて、緒方しか浮《う》かばなかった。

「どういう意味だ？」

「お前の彼氏はまずい状況《じょうきょう》にいる。俺ならそれを助けられる。そういう話がしたい」

嘘《うそ》を吐《つ》くな、と言おうとして口を噤《つぐ》む。昔から、高橋は俺に嘘を吐いた事がない。

躊躇《ためら》う素振《そぶ》りを見て、「どうする？」と聞いてくる。

先日高橋が緒方を挑発《ちょうはつ》した理由が、車に乗れば分かるのだろう。それに、高橋が思わせぶりに言った〝まずい状況〟というのも気になる。

「分かった」

仕方なく俺が頷《うなず》くと高橋は満足そうな顔をしてから、傍らの部下に視線を向けて、その後頭部を叩《たた》いた。

「お前はなんのために俺の横にいるんだ？」

俺が殴りかかるのを止めなかった部下を、高橋が咎《とが》める。

「あ、すんません、入っていいのか悪いのか、わからなくて」

頭を下げた部下に対して高橋はため息を吐くと、ドアを開けさせた。

開いたドアから後部座席に乗り込む。反対側のドアから、高橋も車に乗り込んだ。

高橋の部下は前と同じく助手席に乗り、運転席に座っている方は何も言わずに車を出す。

車が走り出してから、高橋は「あんまり怒《おこ》るなよ」と言った。

「わざわざ俺の会社まで来てそんなことが言いたかったのか？」

「俺だってお前の仕事先まで来ると思わなかったよ。携帯《けいたい》が不通だから仕方なくな」

あの日から一週間経《た》った。再びこうして週末が巡《めぐ》って来たが、緒方とは連絡《れんらく》を一切《いっさい》とっていない。緒方の口から女性と結婚すると切り出されるのが怖《こわ》かった。

新しい携帯を買っていないのは、緒方から連絡が来るのを恐れたせいだ。仕事上不便だからこの週末に買い換《か》えに行けと先輩からは念を押されているが、今のところどうするかは決めていない。

「あの店に緒方さんがいることを知ってたのか？」

怒りが退かないままそう口にする。

高橋はサングラスを外した。相変わらず長い睫《まつげ》が頬《ほお》に影《かげ》を作る。

「まぁな」

おかしいと思っていたんだ。

学生時代俺が性別関係なく体の関係を持っていたことを、高橋は嫌悪《けんお》していた。同性とセックスできることを、俺の欠点だと言ったこともある。

その高橋があんな取引を持ちかけたのは、緒方に俺とのキスを見せつけるためだったのか。

「よくもお前の復讐《ふくしゅう》に利用してくれたな」

「悪かったよ。だけど言っておくが、前回のは俺だってそれなりにダメージ受けてんだぜ？」

「お前が持ちかけた話だろう」

しかし、どうして高橋は緒方がいる店と時間を知っていたのだろうか。もしかして緒方を見張っていたのだろうか。

「まだ裏があるんだろ？」

緒方に嫌《いや》がらせをするためだけに俺にキスを仕掛《しか》けたとは考えにくい。しかも、最後にわざわざ高橋は緒方を挑発した。

高橋は俺の言葉を聞いて眼《め》を細める。

「頭がいい奴は好きだぜ？　敬介」

喉《のど》の奥で高橋が笑う。

「悪知恵《わるぢえ》が働くお前の側にいれば、嫌でも裏を読むようになる」

高橋は面白そうに口の端《はし》を歪《ゆが》めて、胸元《むなもと》から出したシガリロを口に咥《くわ》えた。ライターを探《さぐ》っている隙《すき》に、唇《くちびる》から細身のそれを奪《うば》う。

「なんだ？」

「俺といるときにそれは吸うな」

他《ほか》の男の匂《にお》いを付けるな、という緒方の言葉が蘇《よみがえ》る。

今更《いまさら》そんな言葉を忠実に守ったところで、緒方は俺の許《もと》には返ってこないかもしれないが、それでも体にバニラの匂いが付くのは嫌だった。

「禁煙《きんえん》でもしてるのか？」

馬鹿《ばか》にするように言ったが、高橋は吸うのを諦《あきら》めた。俺は奪ったシガリロを返す。

「変わったよな、敬介。昔はもっと殺伐《さつばつ》としてたのにな」

高橋の言葉が懐《なつ》かしい響《ひび》きを持つ。

「中学時代の話だろ？」

そんな頃と比べられても困る。何年も経てば考え方も生き方も変わるだろう。

緒方によって変えられた部分もあるかもしれない。緒方と付き合う前は、ここまで女々《めめ》しい人間ではなかった。

「……お前は変わらないな」

あの頃と同じだ。高橋は奔放《ほんぽう》に見せかけて、全《すべ》て計算して動いている。行動の裏には必ず何かしらの目的がある。

「え？　中学時代もストパかけてたんですか？」

黙《だま》り込んだ高橋の代わりに、いきなり助手席の男が会話に入ってくる。

関西特有のイントネーションで「あ、もしかして身長のこと言ってます？」と口にした男の背中を、シート越《ご》しに高橋が蹴《け》る。

ドス、と重い音がした。シート越しでなければ骨が折れそうな程《ほど》力強い一撃《いちげき》だ。

昔から高橋の前で身長と顔と名前の話はタブーだった。榛原も何度かそのせいで、高橋から鉄拳《てっけん》を受けている。俺も初対面の時に「なんで女子が男の制服着てるんだ？」と口にしたせいで、いきなり鳩尾《みぞおち》を渾身《こんしん》の力で殴《なぐ》られた。

「……おい」

地を這《は》うような声で高橋がストレートになった髪《かみ》の毛を掻《か》き上げ、バックミラー越しに助手席の男を睨《にら》む。

「はい」

高橋の部下は肩《かた》を竦《すく》ませて青い顔をしている。どうやら高橋の恐ろしさは既《すで》に身を以《もっ》て知っているらしい。

「今は入って来るな」

「……はい」

真剣《しんけん》な表情で黙り込んだ男を見て、高橋がため息を吐く。

榛原といい、目の前の部下といい、高橋は昔から下の者に恵《めぐ》まれない男だ。

「それでお前の目的はなんなんだ？」

二人のやりとりを見ていたら先日のことを怒る気も失《う》せて、自分から切り出す。

「あの刑事《けいじ》と取引がしたい。そのために、お前に橋渡《はしわた》しを頼《たの》みたい」

「何？」

「あの刑事の部下の潜入捜査官《せんにゅうそうさかん》が千曲会の連中に捕《つか》まって拷問《ごうもん》されてる。そいつを俺がうまく助けてやる代わりに、頼みたいことがある」

「拷問？」

普段《ふだん》あまり耳にすることのない、物騒《ぶっそう》な言葉に思わず聞き返す。

潜入捜査と聞くと、四年前に俺の目の前で死にかけていた緒方の姿を思い出した。

「千曲会の下部組織に運び屋として潜入していたが、ミスって刑事だとばれたらしい。アレは消されるのも時間の問題だろうな。部下が殉職《じゅんしょく》すれば、あの刑事は責任を取らされるだろうな」

そう言えば前に緒方さんが「部下が窮地《きゅうち》に立たされている」と言っていた。

「俺なんか挟《はさ》まなくても、勝手にやればいいだろ？　お前はどうせ、緒方さんの電話番号ぐらい調べがついてるんだろ？」

「まさか。そこまでは流石《さすが》に知らねぇよ」

「じゃあ、店に行けばいい。緒方さんがあの店にいる時間帯が分かってるなら、簡単だろ？」

「……実は既に一度、店で会ったときに取引を持ちかけようとした」

高橋は皮肉げに笑ってみせる。

「話もろくに聞いて貰《もら》えなかったけどなぁ。でも、お前の口から頼めば聞いてくれるはずだ」

俺は高橋の申し出に思わず沈黙《ちんもく》する。

二度目はないと言われた。今こうして高橋の車に乗っているのを見つかれば、緒方はどう思うのだろうか。あの日の眼差《まなざ》しを思い出して、体が竦む。

「体だけじゃなくて中身まであいつに組み敷《し》かれてるわけじゃないよな？」

俺の一瞬《いっしゅん》の怯《おび》えを読みとって、高橋が笑う。

誰《だれ》のせいでそんな危《あや》うい状況に陥《おちい》っているんだと睨み付ける。

高橋は俺の胸元のポケットに名刺《めいし》をねじ込んだ。最近はヤクザも名刺を持ち歩くらしい。

「その番号に電話するように伝えてくれ」

俺は名刺を突《つ》き返そうとしたが、捕《とら》えられているという潜入捜査官のことを考えると、そうもいかない。躊躇《ためら》った後に結局ため息を吐《つ》いて「緒方さんは無視するかもしれない」と告げるが、高橋は片眉《かたまゆ》を上げて「どうかな」と笑っただけだった。

楽しそうな高橋をみていて、不意に他の疑念に駆《か》られる。

「なんだよ？」

「緒方さんに手を出すつもりじゃないよな」

もしかして高橋は緒方を罠《わな》にはめ、陥《おとしい》れようとしてるのではないだろうか。

「俺にそっちの趣味《しゅみ》はねぇよ」

男はごめんだ、と高橋が笑う。

「そういう意味じゃない。茶化《ちゃか》すなよ」

真剣な顔で睨み付ければ、高橋はまた喉の奥で笑いながら「純粋《じゅんすい》に取引がしたいだけだ」と答える。

「警戒《けいかい》するな。今回はお前まで引っかけるつもりはねぇよ。親友なんだ。信用しろよ」

今回は、という言葉が引っかかったが、冗談《じょうだん》めかして言った高橋の言葉を信じ、俺は緒方に高橋の名刺を渡《わた》すことを約束した。

仲直りもしていないのに、火種となった高橋の件をどうやって切り出そうかと考えていたら、車がマンションの前で停《と》められる。

その時に、既に停まっていた白い車に気づく。

緒方の車だ。その傍《かたわ》らには、灰色のスーツにメガネをかけたいつもの緒方が立っていた。

高橋は車を降りるとわざわざ俺の方に回り、まるでエスコートでもするようにドアを開けた。

驚《おどろ》いて固まっていたが、高橋に催促《さいそく》されて俺はバッグを摑《つか》んで外に出る。

高橋は緒方に向かって「だから、言っただろ？」と意味深な言葉を口にした。

緒方は何も言い返さなかった。どうやら高橋は緒方がここにいることを知っていたらしい。

「じゃあ、よろしくな……敬介」

ぽん、と高橋が俺の肩を叩《たた》いて車に乗り込む。車は角を曲がって、すぐに見えなくなった。

浮気《うわき》現場を見られたような気持ちだった。

本当は違《ちが》うが、どう言い訳をしたらいいか分からない。

「なんで……ここに」

今日緒方と会う約束はしていない。

「残念ながら、高橋の言った通りのようですね」

気まずい空気がただ流れるのを感じていると、不意に緒方が切り出す。

「え？」

「彼が持ちかけた取引を断ったとき、断るならあなたに手を出すと高橋一美に言われました。ですが、あなたが高橋の誘《さそ》いに乗るはずがないと私は取り合わなかった」

緒方はふっと息を吐《は》き出す。

「そしたら、金曜日の午後七時にあなたのマンションの前で証拠《しょうこ》を見せると彼が言ったんです」

緒方は面白《おもしろ》くも無さそうに口にする。

高橋と二度と会うなとは言われていたが、それを約束したわけではない。

だから俺は緒方を裏切ったわけではない。

それでもゆっくりと近づいてきた緒方が怖《こわ》くて、反射的に離《はな》れようと体を退く。

けれど緒方は俺の腕《うで》を痛いくらいに強く摑む。緒方の指にはこの間と違い、指輪はなかった。

それだけが救いのような気がした。他《ほか》の女との関係を隠《かく》してくれるということは、まだ俺のことを少なからず思ってくれて居るんだろう。そんなことを本気で考えている自分がおかしかったけど、笑おうとしてもうまくできなかった。

緒方はおかしな表情を浮《う》かべる俺の耳元に、酷《ひど》くざらついた声で囁《ささや》く。

「二度目はないと言ったでしょう?」


喉《のど》が痛くて目が覚めた。部屋の中はまだ暗い。

緒方の部屋の広いベッドの上でぼんやりと部屋を眺《なが》めていると、次第《しだい》に暗闇《くらやみ》に目が馴《な》れ始めた。薄手《うすで》のカーテンを通して差し込む外の明かりで、徐々《じょじょ》にはっきりしていく物の輪郭《りんかく》を眺めていると、足の方でカチリと音がする。

体を起こしてそちらを見ると、ベッドの隅《すみ》に腰掛《こしか》けた緒方が煙草《たばこ》にライターで火を点《つ》けたところだった。

「……緒方、さん」

気配もなく側にいた緒方に驚く。暗闇の中で火を灯《とも》した煙草の先だけがよく見えた。

緒方の手は高橋の名刺を手にしている。先程《さきほど》、強引《ごういん》に服を脱《ぬ》がされた時に床《ゆか》に落ちた物だ。

抱《だ》かれながら何度も高橋とは寝《ね》ていないと口にした。高橋が俺に頼んだ件も口にしたが、緒方が完全に信じたかどうかは怪《あや》しい。

現に緒方の雰囲気《ふんいき》は硬質《こうしつ》のままだ。

キスもなく責められるように抱かれて、まるで自分が道具になった気分だった。

「高橋は私に何を頼みたいんですか？」

緒方は不機嫌《ふきげん》な心情を隠さずに名刺を見たまま口にする。

「知りません。高橋は……その番号に電話しろと言ってました」

体を起こして布団《ふとん》から抜《ぬ》け出す。部屋の中は冷房《れいぼう》のせいか、寒いぐらいに冷えていた。剝《む》き出しの肌《はだ》のうえを、乾《かわ》いた風が撫《な》でていく。

緒方に近づいて、名刺を持つ手に自分の手を重ねる。緒方の視線がようやく俺に向けられた。

俺が眠《ねむ》っている間に緒方はシャワーを浴びたのかも知れない。その体から汗《あせ》の臭《にお》いはしなかった。これから出かける予定でもあるのか、緒方はジャケットを着て髪《かみ》を整えている。

そのせいで生え際《ぎわ》にある傷が近づかなくても見えた。

「なんでしょうか？」

突き放すような声だった。その声を聞いたら、まとまりかけた思考がまたばらばらになる。

「俺は……あんたにとってなんなんだ？」

前回は二度目はないと言われ、高橋の子飼いかと責められながら穿《うが》たれた。今日は名前さえ呼ばれなかった。いつものように、甘い言葉もなにもない。

高橋と俺が今日また会ったことで、俺はもう緒方の恋人《こいびと》ではなくなってしまったんだろうか。

いや、そもそも恋人だと思っていたのは俺だけなんだろうか。

「それは、私の質問でしょう？」

緒方の親指がゆっくりと下唇《したくちびる》をなぞった。激しかった行為《こうい》を裏切るような優《やさ》しい手つきに、緒方を見上げる。

口の中に、緒方の親指と人差し指が入り込む。二つの指で舌を掴まれた。

「嫌《きら》いな相手に抱かれるのは高橋のためですか？」

不意にそう言われてなんのことか分からなかった。緒方を見返すと「きらい、と言ったでしょう」と物覚えの悪い子供を前にした教師のような顔で、緒方が口にする。

前に酷く抱かれた時、口にした台詞《せりふ》だ。自分自身でも忘れていた、譫言《うわごと》のようなそれを緒方が責める。

「ふぁ……、んっ」

反論しようとすると指が邪魔《じゃま》する。

首を振《ふ》って指から逃《のが》れようとすると、親指でぐっと舌の根を押される。痛みを感じると同時に、喘《あえ》ぐような声が漏《も》れた。

この状況《じようきよう》で声を出そうとすると、呼吸がうまくできなくなる。

「ひ、がう」

違う、とそれだけどうにか口にする。

「あなたが、高橋を大切にしているのは知っています。三月の事件でも、あなたは決して高橋を巻き込もうとしなかった。取り調べでも、終始高橋は無関係だと主張していたそうですね」

ふっと緒方が笑う。

緒方の指が口の中から抜ける。緒方は短くなった煙草を灰皿に捨てて、高橋から貰《もら》った名刺《めいし》をポケットに入れた。そのままベッドから立ち上がり、俺に背を向ける。

このまま何も言わなければ関係が終わってしまうような気がして、慌《あわ》ててその腕を掴む。離されないように両手で握《にぎ》りしめると、縋《すが》り付くような格好になったが、今更体裁《いまさらていさい》なんて繕《つくろ》って居られなかった。

振り払《はら》われるかと危惧《きぐ》したが、緒方は意外にも静かに俺を見下ろした。

「俺、本当にあいつとは……」

緒方の指が思いがけず俺の目元に伸《の》ばされる。

さんざん泣いた目尻《めじり》はこの間と同じように熱を持って腫《は》れていて、かさついた皮膚《ひふ》が引っかかるとほんの少し痛む。

「あ……」

指は触《ふ》れた時と同じ唐突《とうとつ》さで離れる。

「色仕掛《いろじか》けをしろとでも言われましたか？　心配しなくても、高橋には連絡《れんらく》を取ります」

「違う。そんなんじゃない」

腕を強く握りしめたまま口にする。

「俺は緒方さんが好きなんだ。高橋は確かに大事だけど、それは友人としてだけだ。あいつがあんたに何を言ったか知らないけど、あいつと俺はそういう関係じゃないし、これからさきもそんなのはあり得ない」

「仮にそうだとしても、そう思っているのはあなただけなのでは？」

「じゃあ、どう言えば信じてくれるんだよ。高橋が俺とキスをしたのは、あんたに危機感を植え付けるためで、俺が高橋とキスをしたのは……」

緒方を傷つけると、そんなニュアンスで脅《おど》かされたからだ。けれどそれを口にしたら、緒方の面子《メンツ》を潰《つぶ》して仕舞《しま》うような気がした。

「……ただの悪ふざけだ。でもどうせ、あんたは信じるつもりなんてないんだろ？」

「高橋一美と二度と会わないというなら、信じます」

緒方はそう言って、俺の頭を撫でる。

促《うなが》されるように顔を上げると、その手に指輪が嵌《はま》っていることに気づく。先程までは嵌っていなかった。

「……これから、どこに行くんですか？」

急に話を変えた俺を、緒方は表情も変えずに見下ろすと「あなたには知って欲しくない」と口にする。

「この間の女性と会うんですか？　俺には、高橋に会うなって言うのに？」

苛立《いらだ》ちを覚えて、自然と口調が硬《かた》くなる。

「誰《だれ》のことを言ってるんです？」

「金髪《きんぱつ》の、胸の大きな……」

緒方は「ああ」と素っ気なく口にする。

「仕事上の付き合いです。個人的に何かあるわけではありません」

あんな場所で会っていたくせに、仕事なんて嘘《うそ》だ。相手の女性も刑事《けいじ》には見えない。以前緒方の部下で潜入捜査《せんにゅうそうさ》をしてた男に会ったことがあるが、まさか彼女も潜入捜査官とでも言うつもりだろうか。

「仕事だなんて嘘吐《うそつ》くの、もうやめろよ。女性の方が良《い》いなら、そう言えばいいだろ。知ってるんだよ、もうすぐ……結婚《けっこん》するんだろ？　高橋を口実に俺のこと切り捨てたいんだろ？　だったらそう言えよ。それなのに鍵《かぎ》なんか渡《わた》してどういうつもりだよ！」

緒方の手が、再び頭に触れる。けれど指輪の嵌った手で触れられるのが嫌《いや》で、その手を弾《はじ》く。

「私は……」

何か言いかけた緒方を、遮《さえぎ》るようにリビングで緒方の携帯《けいたい》が鳴り出す。

「出ろよ。大事な仕事相手からかもよ？」

緒方は一瞬《いっしゅん》だけ逡巡《しゅんじゅん》して、俺から離《はな》れた。

その隙《すき》にベッドの側に散らかっていた服を身につけて、酷《ひど》い抱かれ方をしたせいで辛《つら》い体を引きずって寝室《しんしつ》を出る。

そのまま、リビングを抜けようとすると緒方に腕《うで》を掴《つか》まれたが、こんな状況でも携帯電話を切らない緒方に腹が立って、乱暴に腕を振り払う。

電話の相手は誰なのかと、詮索《せんさく》しそうになる自分が嫌だった。

「あんたなんか、大嫌《だいきら》いだ」

子供じみた台詞を口にして、逃《に》げるように緒方のマンションを飛び出した。


「巻き込んで、本当にすみません」

笹川が頭を下げてそう言ったのは、日曜日の午後だった。

「別にいいよ」

先週の金曜日以来、一度も緒方とは話をしていない。

会うのが怖《こわ》くて家にはあまり帰っていないから、このところずっと寝不足《ねぶそく》だ。

結局俺はまだ新しい携帯電話も買っていない。今週の月曜日にそのことを先輩《せんぱい》方に怒《おこ》られたが、今のところ仕事の上での問題はなかった。

それでもトラブルが起きてからでは遅《おそ》いので、この後買いに行く予定だ。

携帯がなければ、緒方から連絡が来ない言い訳になるし、常に着信を気にすることもない。

新しい携帯を買えば、また終始それを気にするようになりそうで嫌だった。

「休日なのに付き合っていただいてありがとうございます」

どうせ休日は一日緒方のことばかりを考えてしまうのが分かっていたから、逆に笹川の申し出は有り難《がた》かった。

沈《しず》んだ気持ちを出来るだけ顔に出さないようにして、目の前に運ばれてきたオムライスに視線を向ける。

「わ、おいしそう」

笹川は今までの浮《う》かない顔が嘘のように、湯気の立つオムライスを見て顔をほころばせる。

半熟卵にデミグラスソース。アクセントのようにトマトピューレの掛《か》かったオムライスは誰がみても美味《うま》そうだ。

「私オムライス大好きなんです！」

「ここのは特においしいから」

「そうなんですか？　そういえば佐伯さんて、おいしいお店たくさん知ってますよね。新人歓《かん》迎会《げいかい》で行った和食屋もとっても良くて、あれ以来友達とよく行くんです」

その店は緒方に教えて貰った店だ。

「知り合いが……そういうの詳《くわ》しいから」

飯は美味いに越《こ》したことはないが、それでも緒方と知り合う前は安くて量が多い方が重要だった。だけど最近は舌が肥えて来て、美味い店を自主的に探すようになった。

そうやって見つけた店を緒方に紹介《しょうかい》して、緒方が喜んでくれるのが嬉《うれ》しかったんだ。

「知り合いって、もしかして……彼女さんですか？」

笹川がスプーンを口に運びながらそう聞いてくる。

「あ、大丈夫《だいじょうぶ》です。みんなには内緒《ないしょ》にしておきますから。会社のアイドルに彼女がいるのがばれたら大変ですもんね」

うんうん、と頷《うなず》きながら笹川はパセリが散っているビシソワーズを飲んだ。

「アイドル？」

それは笹川じゃないのか、と思いながら顔を上げる。

「はい、佐伯さんは私たちのアイドルなんですよ」

少し恥《は》ずかしそうに笹川が言う。

俺はオムライスを食べながら、自分に向けられるとは思えないその言葉に戸惑《とまど》った。

「私たちって？」

笹川は副社長の名前を挙げた後で、取引がある会社の人間や近くの弁当屋さんの名前、営業や配達でたまに事務所を訪《おとず》れる人達の名前を口にする。

「アイドルって柄《がら》じゃないけどな……。会社のアイドルは俺じゃなくて、笹川のほうなんじゃないか？」

陰《かげ》でそんな風に言われていたとは思わなかった。不釣《ふつ》り合いな言葉に居心地《いごこち》が悪くなる。

「私なんて駄目《だめ》ですよ。それより、佐伯さんが付き合う相手って、どんな人ですか？」

その言葉に胸が痛む。緒方と自分は、まだ付き合っているのだろうか。

少なくとも明確に振《ふ》られてはいないが、あんな状況《じょうきょう》で飛び出して、その後連絡も取っていない。もしかしたらもう終わっているのかもしれないが、まだ付き合っていると思いたかった。

「年下ですか？　どこで知り合ったんですか？」

食事をしながら俺は次々とされる笹川の質問に、辛い気持ちを押し殺して答えを返す。

相手は年上。知り合ったのは家が近かったから。告白は俺から。付き合ったのは最近。写真は持ってない。好きになったのは……。

「そうだな、なんでだろう」

緒方が俺にとても優《やさ》しかったからだ。いつでも真っ直《す》ぐに向き合ってくれた。初対面の時から俺の外見に左右されることなく受け入れてくれた。見返りを期待せずに、気遣《きづか》ってくれた。

「一緒《いっしょ》にいると……前向きになれたんだよな」

好きになった理由なんて考えたこともなかった。でも理由があるとすれば一番はそれだ。

「前向き、ですか？」

「あの人といると、何もかも上手くいくような気持ちになれた」

それがどうしてなのかは知らない。でも、緒方といると温かい気持ちになる。

自分は大丈夫だって、思える。

「すごいですね」

笹川は羨《うらや》ましそうに笑った。

「相手をそんな気分にさせる力を持ってるって、すごい人なんですね」

だけど今は思い出すだけで苦しい。数日前の事を思い返すと、憂鬱《ゆううつ》な気分になる。

緒方のことを褒《ほ》められても純粋《じゅんすい》に喜べなくて、俺は笹川より先に食べ終わって空になった皿に視線を落とす。

「でも、良かったんですか？　私の彼氏役なんて引き受けて貰《もら》って。彼女さん、怒りませんでしたか？」

心配そうな顔を見ながら「大丈夫」と笑って見せる。怒るも何も、話してすらいない。

今日はこれから笹川の元彼と会う予定だ。駅前のファミレスで待ち合わせをしている。

元彼が笹川の部屋に持ち込んだ私物を持ってきてほしいと言って来たのだ。私物といっても、部屋着や歯ブラシなどで、考えるまでもなくそれは元彼が笹川に会うための口実だと分かった。

笹川はその件を俺に相談し、俺は彼氏役として立ち会うことを申し出た。笹川の部屋で会うのは危険だし、相手の車で会うのは論外だ。

以前に緒方から受けた助言をそのまま笹川に伝えたが、ストーキングが治まった事もあり、笹川は結局警察には行かなかった。

「そろそろ行くか」

笹川が食べ終わったのを見て、立ち上がる。

伝票に手を伸《の》ばしたが、先に笹川がそれを取った。

「私に出させてください」

笹川はそう行って、一足先にレジに向かう。

「いいよ、俺が……」

「ただでさえ面倒《めんどう》な役を押しつけてるのに、ご飯まで奢《おご》ってもらったら申し訳ないです。私が出します」

きっぱりと笹川が言う。

「じゃあ、ごちそうさまです」

俺がそういうと、笹川は満足そうに笑った。

笹川は落ち着いているように見えたが、ファミレスまでの道を歩いている間に雰囲気《ふんいき》は徐々《じょじょ》に堅《かた》くなっていく。元彼の私物が入った紙バッグの取っ手を何度も持ち直し、ため息を吐《つ》く。

今日は夏だというのに肌寒《はだざむ》い。曇《くも》り始めた空模様に、足早に歩く人波におされて、二人して早歩きになった。

「大丈夫」

励《はげ》ましながら約束の時間よりも数分早くファミレスに着くと、店に入った途端《とたん》に笹川の体が傍目《はため》に見て分かるほど強張《こわば》る。

窓際《まどぎわ》の席に座る元彼をじっと見ている笹川を促《うなが》して、男と向かい合うように椅子《いす》に腰《こし》を下ろす。

「言われたもの、持ってきたから」

笹川は消え入りそうな声でそう言ってテーブルの上に紙バッグを置いたが、男はそれに手を伸ばすわけでもなく、不機嫌《ふきげん》な顔で俺と笹川を睨《にら》み付けていた。

俺はメニューを持ってきた店員に三人分のアイスコーヒーを頼《たの》む。

笹川も元彼もしばらく黙《だま》ったままだった。第三者である俺から切り出すべきではないだろうと、どちらかが話すのを待っている間にコーヒーが運ばれてきた。

相変わらず沈黙《ちんもく》している二人を見ながら、ストローに口を付ける。

値段のわりに美味い水だしアイスコーヒーを味わっていると、目の前に座っていた笹川の元彼が俺に胡乱《うろん》な視線を向ける。

「あんた、これの新しい男？」

口火を切った男に対して、俺ではなく笹川が「だったら何？」と答えた。

「別に、ただ知ってんのかなって。こいつ、あんたの前で今はイイ女ぶってるかもしれないけど、中身はろくでもないからさ。あんたも、たぶんがっかりすると思うよ」

嘲《あざけ》るように男が言って、こいつ、と笹川を見る。

カランと音を立ててアイスコーヒーの中の氷を回しながら、「尻軽《しりがる》のゆるマンだしさ」と笑った。

笹川は赤くなって俯《うつむ》き、唇《くちびる》を噛《か》む。テーブルの下で小さく震《ふる》えている指先が可哀想《かわいそう》になる。

こんな男の言葉で傷つく必要はない、とその手を取った。

「なら、もう未練はないだろ？」

俺は反対側の手でテーブルの上にある紙バッグを男の方に押しやる。

「それ持って帰って、二度とこいつに近づくな。次は警察を呼ぶ」

元彼は、皮肉げに口元を歪《ゆが》ませた。

「あんた、本当は彼氏なんかじゃないだろ。普通《ふつう》、自分の彼女が目の前でゆるマンなんて言われたら、そんな冷静じゃいられないもんな」

ぐっと笹川の手に力が入るのが分かる。

「別に怒《おこ》る必要ないだろ。全部嘘《うそ》だって分かってんだから」

笹川が何か言う前に、俺は男とは対照的に出来るだけ穏《おだ》やかな声で切り返す。

「俺は静香が外見通りに中身もいい女だって知ってる」

静香と下の名前で呼んだのは初めてだが、違和感《いわかん》なく口から出た。

「それに、緩《ゆる》いと思うのはお前のが小さすぎるからじゃないのか？」

「っ」

頬杖《ほおづえ》を付きながら問いかけると、男の顔が怒《いか》りで歪む。俺は再びストローに口を付けながら、ぎゅっと笹川の指先を握《にぎ》った。最後は自分で決めろ、と促す。

すると、それまで黙っていた笹川が意を決するように顔を上げて、男を睨み付ける。

「もう、家に来ないで。会社にも来ないで。電話もしないで。もう、殴《なぐ》られるのも馬鹿《ばか》にされるのもうんざりなの。もう二度と、会いたくないの」

一気にそれだけ捲《まく》し立てると、笹川が立ち上がる。

「なんだと？」

元彼に睨み付けられても笹川は怯《ひる》むことなく、相手の目を見つめた。

「もう終わりにしたいの」

そう言って元彼に背を向けた笹川を見直しながら、俺も立ち上がった。

テーブルの横に掛《か》けられた伝票を持ってレジに向かう。

三人分のアイスコーヒー代を精算してから外に出ると、先に店を出た笹川が少し離《はな》れた角のところで俺を待っている。

小雨《こさめ》が降っていた。笹川は濡《ぬ》れるのも気にせず、庇《ひさし》の下には入らずに俯いていた。

側に行くと泣き声が聞こえたので、そっと笹川の頭を胸に抱《だ》き寄せる。

「ご、ごめんなさい、すぐ、止《と》めます、から」

ぐずぐずと鼻を鳴らしながら強がる笹川に「泣いていい」と言うと、笹川は声を殺しながら泣き出した。頃合《ころあ》いを見てから、笹川を促して駅に向かう。

「言ってやりました。私、ちゃんと言えた……」

泣きながら、だけど少し誇《ほこ》らしげに微笑《ほほえ》む。

家まで送ると言うと、笹川は「本格的に惚《ほ》れちゃいそうだから、それはなしでいいです」と赤い目のままで笑う。

「でも、今度ご飯奢らせてください。ちゃんとおいしいお店、調べておきますから」

そう言って、俺より一つ手前の駅で降りるのを見送った。

恋人同士《こいびと》なんて、脆《もろ》い関係だ。どちらかが嫌《いや》になれば、そこで終わりだ。

もう二度と会いたくないと、笹川は男に言った。

俺達の関係も、緒方が嫌になったら終わる。このまま連絡《れんらく》が来なければ、簡単に終わる。

四年前の事件のせいで、緒方は俺のことを「いい人間」だと勘違《かんちが》いしていた。けれど付き合ってみたら、俺が自分が思っていたような人間ではないと、緒方は気づいただろう。俺はいい人間なんかじゃない。それに、緒方と付き合う前は誰彼《だれかれ》構わずに寝《ね》てきた。だから余計に高橋とのことを疑われたのだ。

——笹川ではないが、尻軽だと思われたかもしれない。

緒方と付き合ってからは誰とも寝てない。だけど、他《ほか》の相手とキスしている姿を見られているのだ。何もないと言ったところで、信じられない気持ちは俺にも分かる。

もう俺のことを嫌《きら》いになっただろうか。

現実味のある自分の想像が怖《こわ》くなって、ぬるい湿気《しっけ》の籠《こ》もった車内のべとつく吊革《つりかわ》を摑《つか》みながら、何も考えなくて済むようにきつく目を閉じた。

『お前の彼氏、条件を飲んだぜ？』

笹川と別れた後で前と同じ番号の携帯電話《けいたいでんわ》を買った。

メタリックなデザインの携帯にしたのは、一番価格が安い機種だからだ。機能は充実《じゅうじつ》しているが前の携帯同様に、どうせ半分も使わないだろう。

当然のごとくデータは初期状態だった。前の携帯も持って行ったが、保存してあったメールどころか、登録してあったアドレスも取り出せなかった。

電源が入らないので諦《あきら》めはついていたが残念だ。

「お前、緒方さんに何を頼んだんだ？　俺まで巻き込んで、何がしたいんだ？」

真新しい携帯を一番先に鳴らした高橋に、溜《た》まっていた怒りをぶつけるように問いかける。

電話の向こうで高橋は『簡単なことだ』と口にする。

「一美《かずみ》」

本当の呼び方で名前を呼ぶと、電話の向こうで空気が重くなる。

昔から高橋はその名前が嫌いだった。だから名乗るときは「かずみ」ではなく「かずよし」と発音していた。本人が嫌がっているのを知っているから、俺は下の名前では呼んだ事はない。本気でこいつにむかついている時以外は。

「緒方さんに何かしたら、俺が許さない」

『……何度も言うが、俺は純粋《じゅんすい》に取引がしたいだけだ。あの男が約束通り便宜《べんぎ》を図《はか》ってくれるなら、何もしねぇよ』

真剣《しんけん》な高橋の声に、ため息を吐く。

「大体、取引を持ちかけたいだけだったらなんでわざと挑発《ちょうはつ》するような真似《まね》をするんだ」

『親友がゲイになったら、まともな道に更生《こうせい》させたいという友心《ともごころ》だ』

「ふざけるな」

高橋は昔から基本的に他人にあまり干渉《かんしょう》しない。そんな奴《やつ》が俺の性癖《せいへき》を変えるために、わざわざ画策するわけがない。

『まぁ……本音は、緒方に危機感を持たせて取引させたかったからだけどなぁ。この取引が成功したら、俺はお前に手を出さないっていう約束をしてんだよ』

それは緒方から聞いている。

「もともと出す気なんか無かっただろう?」

『さぁな』

キスであれほど落ち込んでいた高橋が、俺と本気でどうこうなりたいと思っている筈《はず》がない。

緒方は高橋にまんまと騙《だま》されたのだ。

前回会ったときに車の中で高橋は「お前まで引っかけるつもりはねぇよ」と言っていた。お前まで、ということは緒方のことは引っかけるつもりだったのだろう。

『でも、取引自体は悪い条件じゃない。部下が殉職《じゅんしょく》して処分されるよりも、ヤクザに便宜を図って処分される方があの男だって良《い》いはずだ。一人で捜査《そうさ》するには限界があるだろうからな』

「一人で捜査?」

一体何の話だといぶかしく思って聞き返す。

『なんだ、何も聞いてないのか?』

高橋はそれから俺に緒方があの店にいた理由を教えてくれた。

緒方の部下が行方《ゆくえ》不明だというのに、上からの圧力で公式にはろくな捜査が行われておらず、そのため緒方が自ら非公式に潜入捜査《せんにゅうそうさ》を行っているのだという。

「警察内部からの圧力？」

『まぁ、上の方はどこも腐《くさ》ってるって話だな。尤《もっと》も、お前の彼氏も例外じゃないけどな』

「どういう意味だ？」

『気をつけろよ、敬介。あの男は俺なんかより、やばい』

「余計なお世話だ。緒方さんは優《やさ》しいよ」

そうだ。緒方は優しい。高橋のことがなかったら、今も優しくしてくれたはずだ。

『……確かに、お前にはそう接しているようだな。まさか潜入捜査の途中《とちゅう》でお前に声をかけるとは思わなかったが』

――潜入捜査？

「いつの話だ」

『アヴァロンで、女を追い払《はら》ってお前に声をかけただろう？』

アヴァロン、という名前に聞き覚えはなかったが、恐《おそ》らく高橋に連れて行って貰《もら》った店の名前なのだろう。

「お前、どこから見てたんだ？」

高橋はまた喉《のど》の奥で笑う。あの口の片端《かたはし》だけをあげる嫌味《いやみ》な笑い方が目に浮《う》かぶ。

『いいじゃねぇか。そんなこと』

「緒方さんの事情を、なんでそこまでお前が知ってるんだ？」

『企業《きぎょう》秘密だ』

高橋はそう言って、用は済んだとばかりに通話を切った。

あのとき、緒方は潜入捜査中だったのか。だから仕事で会えないと言ったのだろうか。けれど、だとしても結局、留守電に吹《ふ》き込まれていたメッセージや緒方の指に嵌められている指輪への疑《ぎ》惑《わく》は残ったままだ。

俺は一瞬《いっしゅん》迷ってから、記《き》憶《おく》している緒方の番号を押す。

しばらくコールしていたが、緒方が出る気配はない。再度かけ直そうと、切りかけた時にようやく繫《つな》がる。

『はい』

「あ……俺、です」

心なしか緊張《きんちょう》した。

『申し訳ありませんが、時間があまり取れないので手短にお願いします』

相変わらず冷たい声に、怯《ひる》みそうになる。

やっぱりもう、関係は絶たれてしまったのだろうかと、不安になりながら言葉を探す。

「その……高橋と取引をしたって、聞いたんですけど」

『ええ。それが何か？』

「……俺のせいですか？」

緒方は黙《だま》ったままだった。

「高橋と取引したことがばれたら、処分されるって……」

『……あなたのせいではありません』

緒方は疲《つか》れているようだった。もしかしたらまたろくに眠《ねむ》って居ないのかもしれない。

『公安に知れたらクビが飛びますが、部下の命には代えられません。高橋一美《かずよし》が本当に私の部下を救出できたら、の話ですけど。どう思いますか？』

「……高橋は、やると言ったらやります」

『そうですか』

ため息のように、緒方は呟《つぶや》く。

「仕事って……本当だったんですね」

『何の話です？』

「仕事だから俺に会えないって言ってたから。潜入捜査をしているんでしょう？」

『……ええ』

「だったら、どうしてそう言ってくれなかったんですか？」

『私は出来る限りあなたを巻き込みたくない。〝知っていた〟というだけで、危険が及《およ》ぶこともある』

急に緒方の背後がざわめきだした。室内から外に出たのかもしれない。

『話は以上ですか？』

まだ聞きたいことを全部聞いていない。指輪のことや、次に会う約束もしていない。

「いえ、まだ……」

『分かりました。では、時間を作って電話します』

一方的に切られた。久しぶりの電話で高橋の名前を出したことを、今頃《いまごろ》になって後悔《こうかい》した。

「会いたいって……言えば良かった」

待受画面を見ながら呟く。

本当に聞きたかったのは、取引の件でも潜入捜査の件でもない。ましてや、女性のことではないのだと、通話が切れてから気づく。

――まだ俺を好きでいてくれているかどうか。

それだけが知りたかったんだ。

鳴らない携帯《けいたい》を握《にぎ》りしめながら、上手《うま》くできない自分が嫌《いや》になった。

日曜日を最悪な気分で過ごし、ただでさえ憂鬱《ゆううつ》な月曜日をさらに最悪な気分で迎《むか》える。ため息以外何も出ないような状況《じょうきょう》で出社すると、俺とは正反対に憑《つ》き物が落ちたような顔で笹川が迎えてくれた。

「この間のお礼に金曜日にご飯行きませんか？」

周囲に人がいない時を見計らって、こっそりと笹川が言う。

「デートの予定がなかったら、奢《おご》らせてください」

週末にどうせ予定は入らないだろうと思いながら、頷《うなず》く。

緒方の部屋に鍵《かぎ》を置き去りにした言い訳を俺はしなかったし、緒方も俺に連絡《れんらく》をしなかった。緒方以外の人間と付き合ったことがないから、こういうときにどうすべきか知らない。終わりにしたくないのに、足掻《あが》き方が分からない。

「なんだ、最近お前、元気ねぇなぁ」

移動中は先輩《せんぱい》にそう言われ、夏ばてだと誤魔化《ごまか》す。恋愛《れんあい》ごとで悩《なや》んでいるなんて知られたくはなかった。当たり障《さわ》りのない話をしているうちに現場に着く。

今回の仕事は新しくできたホテルの前の道路の改修工事だった。

歩道に面した巨大《きょだい》な水槽《すいそう》がホテルの名物で、何度か作業中に気になって視線を向けた。

昼は近くのデパートの地下街で出来合いの弁当を買い、奥の休憩《きゅうけい》スペースで食べた。冷房《れいぼう》の効いたデパートを出れば、外はアスファルトの照り返しが目に痛い。

「夏はきついよなぁ。冬もきついしよ」

一年中陽《ひ》に焼けて真っ黒な先輩がそう言って、嫌そうに陽炎《かげろう》の立つ道路を見やる。

「でも、みんなの役に立つ物を作るって、やりがいありますよね」

優等生みたいな答えだと自分でも思い、口に出した後に恥《は》ずかしくなった。

茶化《ちゃか》されるかと思ったが、先輩は自分より高い位置にある俺の髪《かみ》をくしゃくしゃにする。

「十年後も同じ事を言えよ。誰《だれ》かがそう思ってりゃ、一緒《いっしょ》に働いてる他《ほか》の奴《やつ》もそう思える」

先輩は俺の髪から手を放すとぐいっと背筋を伸《の》ばして、首に掛《か》けていたタオルで額を拭《ぬぐ》うと、現場の方に歩いていく。その後ろを追いかけながら、再び午前中と同じ作業に取りかかる。

傷んだアスファルトを削《けず》るためにドリルを使う。昔のドリルは反動が強くて、すぐに指の血流が悪くなって感覚が麻痺《まひ》し、事故に繋がることがあったらしい。そのため、安全を考慮《こうりょ》して一人当たりの連続使用時間が一応決められていた。最近は反動も少なくなり、腕《うで》への負担も減った。それでも長時間使っていると指の関節が痛くなり、握力《あくりょく》がしばらく弱くなる。

楽な仕事じゃない。一日中スコップで土を掘《ほ》っている時もある。重い物を運んで腰《こし》を痛めることもあるし、外で仕事をするというのはそれだけで体力が奪《うば》われる。雨の日も風の日も、暑い日も寒い日も毎日体を使って働いている。

スーツを来て自分と変わらないくらいの奴らがオフィスに入っていくのを横目に見ると、こんな暑い日や寒い日は羨《うらや》ましいと感じる時もある。

けれど俺はこの仕事が好きだし、一生続けて行きたいと思う。

そのために俺は大学に行きたいんだ。楽をするためでも、学をつけたいからでもない。

この仕事にずっと関《かか》わるために、道を造る仕事を本当の意味で楽しむために。

だから十年後も二十年後も、俺は同じ事を言える自信がある。

俺の一番側にいる人間が俺の夢を肯定《こうてい》してくれるから、たぶん揺《ゆ》らがずに居られるんだろう。

俺の手は傷痕《きずあと》だらけだ。皮も厚くなって、何度もマメができたところは特に分厚く、色も他の皮膚《ひふ》とは多少違《ちが》う。ざらざらして触《さわ》り心地《ごこち》がいいとは言い難《がた》い。それに比べて緒方の手は傷もなくて綺麗《きれい》だ。俺より少し大きくて、指も長い。ピアニストの手みたいだと、何度か思ったことがある。

そんな綺麗な手の持ち主が、俺の手を好きだと言う。愛《いと》しいと言って口付けてくれる。荒《あ》れた手を褒《ほ》めるように何度も撫《な》でてくれる。

だからきっと、俺は真っ直《す》ぐに自分の仕事を誇《ほこ》り、夢を追えるんだろう。

「会いたいな」

会って、話したい。指輪の事も、留守電の女性のこともはっきりさせたい。

仮にもしも彼女が本命ならば俺は緒方ときっぱり別れようと、思った。

もともと緒方は同性愛者ではないから、これは仕方ないことなのだと、自分に言い聞かせる。

それでも、友人としてでも恩人としてでも緒方の傍《かたわ》らにいることは許して貰《もら》いたい。体の関係がなくても側にはいたい。

額に滴《したた》る汗《あせ》を拭いながら、緒方の事ばかりを考える。

午後の小休憩中に自販機《じはんき》で買った缶《かん》コーヒーを片手に水槽を見ていると、その中に偶然《ぐうぜん》キッシンググラミーを見つけた。

キスをしあっている二匹《ひき》が羨ましくて、魚にまでそんな事を思う自分は末期だと呆《あき》れる。

不意に、傍らの新人も同じ魚を見ていることに気づいた。

「どっちかが死ぬと、もう一方も寂《さび》しくて死ぬって本当なのかな」

だとしたら、羨ましいと思った。

俺がそう口にすると、新人はきょとんとした顔で「なんですか？　それ」と首を傾《かし》げる。

「そういう魚だって聞いたんだよ」

黒髪《くろかみ》の新人は俺の言葉に首を傾げる。

「これ、雄《おす》同士ですよ？」

思わぬ言葉に驚《おどろ》く。雄同士のつがいなんだろうか。そんなの、魚の世界で許されるのか？

「そうなのか？」

「はい。キスしてるんじゃなくて、戦ってるんですよ。だからどちらかが死んでも、片方が寂しくて死ぬなんてあり得ないです」

「詳《くわ》しいんだな」

「熱帯魚が趣味《しゅみ》なんです。家でも結構飼ってますから」

そこまで話して休憩時間が終わる。空き缶を片付けてから、もう一度水槽に視線を向けた。

ウサギも魚も、思った以上に逞《たくま》しい。寂しいと死ぬなんて、人間が勝手に幻想《げんそう》を押しつけているだけだ。そう思ったらおかしくなって、少し笑えた。

「強いな」

俺にはそんなの出来そうにない。緒方と別れても、俺は死んだりしないだろうが、それでも次の相手は見つけられないだろうと思った。

俺にとって、緒方は初恋《はつこい》なんだ。そんな恥ずかしい言葉を使いたくはないけれど、それは紛《まぎ》れもない事実だ。

水槽から視線を外して、どうすれば緒方との関係が修復できるかを考える。

だけどその日の仕事が終わっても、答えは見つけることができなかった。


笹川と約束した週末が来ても結局緒方から連絡はなかった。

鬱陶《うっとう》しがられるのが嫌で、俺から連絡はできなかった。送りかけたメールを何度も削除《さくじょ》して、何度も電話をかけそうになった。

「少し遠いんですけど、おいしいお店があるんです」

電車で笹川と向かったのは繁華街《はんかがい》のビルにある居酒屋だった。週末の夜ともあって客は多かったが、予約をしていたらしくすんなりと奥の座敷《ざしき》に通される。

「ここ、創作料理がすごくおいしいんですよ」

得意げな笹川に来たことがある店だとは言えずに、初めて見るような顔でメニューを覗《のぞ》き込む。最後にこの店に来た時は緒方とまだうまくいっていた。

外なのに触《ふ》れられて体が熱くなった。

そのときの事をぼんやり思い出す。いやらしいことを考えているはずなのに、悲しくなるばかりで、誤魔化すように頼《たの》んだ料理を片っ端《ぱし》から食べる。

仕事終わりだから、腹が減っていた。

会話はほとんど同僚《どうりょう》の話で、笹川は元彼のことを話そうとはしない。それでも店を出る段階になって、「本当にありがとうございました」とやけに丁寧《ていねい》に頭を下げられる。

「いや、それよりかえって悪かったな」

奢られるばっかりで申し訳ないと思っていると、店を出るときに笹川が「佐伯さんの彼女さんが羨ましいです」とぽつりと言った。

その言葉に苦笑《くしょう》する。

ビルを出たところで、駅に向かおうとして不意に足が止まる。時間も遅《おそ》く、人がまばらになってきた。だからすぐに街路樹の近くでたむろって居る男達の存在に気づいた。

「……っ」

笹川が体を強張《こわば》らせる。そこにいたのは笹川の元彼と、おそらく彼の友人と思われる連中だった。会社から付けて来たのか、それともどこかで偶然俺達を見かけたのかは知らないが、彼らが俺達を待ち伏《ぶ》せていたのは分かった。

「戻《もど》るぞ」

そう声を掛けてビルに戻ろうとするが、反対側から挟《はさ》みうちするような形で、別の男達が歩いてくる。その表情からそいつらも元彼の仲間なのだと知り、俺は笹川の腕を引いて路地に入る。

狭《せま》い路地を走り抜《ぬ》けた。笹川が履《は》いている靴《くつ》のヒールが、カンカンと高い音で鳴る。背後からいたぶるように近づいてくる連中より、笹川が速く走れるとは思えなかった。角を曲がると、不意に視界の端《はし》を見覚えのあるビルが掠《かす》める。

「佐伯さんっ」

背後を振《ふ》り返った笹川が、怯《おび》えた声をあげる。あの人数相手じゃ、俺だけでもやばい。ましてや笹川を連れて逃《に》げ切れるわけもない。

ろくに考えもせずに、そのビルに飛び込む。エレベーターに間一髪《かんいっぱつ》で乗り込んで、目的の階のボタンを押す。

エレベーターが開いた途端《とたん》スピーカーを通して拡散されたドラムの音が聞こえる。少しでも時間を稼《かせ》ごうと、降りるときに最上階のボタンを押した。

前回来たときよりも混《こ》んでいたし、店内の雰囲気《ふんいき》も違う。今日は何かのイベントがあるのかもしれない。床《ゆか》に落ちたフライヤーを踏《ふ》んで、滑《すべ》りそうになる。

薄暗《うすぐら》い店内で人混みに紛れながら、携帯《けいたい》で緒方に電話するが、なかなか通じない。

不意にカウンターに緒方が連れていた派手な女を見つけた。近づこうとした時に、俺は突然《とつぜん》背後から髪《かみ》の毛を摑《つか》まれた。

「やめてっ」

笹川の悲鳴混じりの声に、周囲の人間が俺達を見た。

振り向いた瞬間《しゅんかん》横から殴《なぐ》られそうになり、身を引く。頰《ほお》を拳《こぶし》が掠める。関節が僅《わず》かに頰骨に当たって、軽い痛みを覚えた。

「やめてよぉっ」

周囲は突然始まった乱闘《らんとう》に驚きながらも面白《おもしろ》い見物だというように、にやつきながら傍観《ぼうかん》を決め込んでいる。

笹川が元彼に突《つ》き飛ばされて床の上に倒《たお》れ込む。髪を摑んだ手を振りきって、慌《あわ》てて元彼を殴り飛ばして、俺は笹川を自分の背後に庇《かば》った。

「てめぇ……っ」

殴られた元彼の仲間が、近くにあったビール瓶《びん》を投げつける。庇ったままでは避《よ》けることもできずに、胸にぶつかったそれが足下《あしもと》に落ちて割れる。

「佐伯さん」

泣きそうな声で笹川が俺のシャツを掴んだ。顔を上げると、笹川の元彼がスツールを持ち上げていた。

間近でそれが振り下ろされる動作を見て、頭を庇うように腕《うで》を上げて目を伏《ふ》せる。けれど、それはいつまでたっても振り下ろされることはない。目を開けたときに視界に映った緒方の姿に、三月にもこうして助けて貰ったことを思い出す。

スツールが、がしゃんと音を立てて床に落ちる。けれど緒方は掴んでいる元彼の腕を放そうとはしない。

「ぐ、あっ」

緒方が掴んだ腕を関節とは逆方向に捻《ひね》り上げると、笹川の元彼は悲鳴に似た声をあげる。

「う……ぐ」

男が息を飲み込む。その瞬間、肩《かた》から先がだらんと垂れた。

男は呻《うめ》き声を上げながら肩を押さえて蹲《うずくま》る。その額に脂汗《あぶらあせ》が滲《にじ》むのが見えた。

傍らにいた別の男が緒方に殴りかかる。けれどそいつは緒方に蹴《け》られ、床の上に転ばされた。

他《ほか》の奴《やつ》も後頭部を摑まれて、そのままカウンターの縁《ふち》に頭をぶつけられて伸《の》びてしまう。

慣れた動作なのは、誰《だれ》が見ても一目瞭然《いちもくりょうぜん》だった。他の男達は容赦《ようしゃ》ないその光景を見て、戦意を喪失《そうしつ》したようだった。

「大丈夫《だいじょうぶ》ですか？」

近づいてきた緒方の問いかけに頷《うなず》く。まだ何もされていない。

笹川の元彼は不利な状況《じょうきょう》から逃げだそうと、腕を庇いながらエレベーターに走り寄る。

しかし、タイミングよく開いたエレベーターや近くの階段から、スーツを着た厳《いか》つい顔の男たちが現れて、怒鳴《どな》るように言った。

「警察だ‼　動くな、全員そのまま‼」

逃げることも忘れ、きょとんとしたまま固まる笹川の元彼や客達を見て、緒方が小さく微笑《ほほえ》んだ。


「とりあえず署の方に」

そんな言葉と共にバンに乗せられて、他の客と一緒《いっしょ》に警察署まで連行される。

一体何故《なぜ》こんな事態に陥《おちい》ったのかと思えば、他の客達の会話から今日がドラッグのイベント

日だったと知る。先程《さきほど》の店では不定期にその手のイベントが開かれているらしい。売人も数名日常的に出入りをしていた、というのを周囲の会話から知り、突然警官が踏み込んだ理由に納《なっ》得《とく》する。

警察署に到着《とうちゃく》すると、俺と笹川は真っ先に取調室に呼ばれ、別々に事情聴取《ちょうしゅ》を受けた。

「緒方警視から簡単に事情を伺《うかが》っていますが、とりあえず一からお話し願います」

いかにも体育会系、といった体つきの男はそう言って、俺に椅子《いす》を勧《すす》める。対応が犯罪者に対するそれではなく、やけに丁寧なのは緒方から話を聞いていたかららしい。

俺は正直に今日あったことを話した。

〝笹川がストーカー被害《ひがい》にあっており、店を出たところで待ち伏せされ、助けを求めるために目に付いた店に入った〟

笹川は時刻が印刷された居酒屋のレシートも持っていた。それに他の客達の証言もある。

以前一度あの店に行ったことは黙《だま》っていたが、そのあたりは言及《げんきゅう》されなかった。もしかしたら、俺と笹川が追われるようにビルに入ったのを、張り込んでいた警察が見ていたのかも知れない。

優先して事情聴取が行われたので割と早い時間で解放された。

連れてこられた客達を見回したが、そこに緒方の姿はなかった。

諦《あきら》めて端の方で女性警官と話し込んでいる笹川を、壁《かべ》に寄りかかり待つ。

「放せっ」

怒鳴り声に顔を上げると、警官に腕を摑まれた笹川の元彼が別の取調室から出てくるところだった。

それを見て笹川が怯えたように女性警官の腕に縋《すが》った。しかし、元彼は笹川ではなく俺に視線を向ける。

暴れていた元彼は俺に気づくと、顔を歪《ゆが》めて警官に摑まれていた腕を振り払《はら》い、凄《すご》い形相で近づいてきた。

「全部、テメェのせいで……っ!!」

いきなり殴りかかってきた男の腹を、思い切り蹴り飛ばす。

廊下《ろうか》に転がって滑った男は起きあがると、再び向かってくる。

けれど、結局男は俺の近くまで来ることができなかった。

傍《かたわ》らの取調室から現れた緒方が、足を引っかけたせいだ。

「このままですむと思うなよ。必ず復讐《ふくしゅう》してやるからな……っ」

床に顔を付けながら、男は悔《くや》し紛《まぎ》れにそう言った。それを、緒方は聞き逃《のが》さなかった。

「どうするんだ？」

緒方が笑うように男に尋《たず》ねる。その声の調子に怯えるように男の目が揺《ゆ》れた。

男の胸《むな》ぐらを摑んで立たせると、その体を壁に押しつける。後頭部をぶつけたのか、男が小さく呻いた。

「言え」

警官と言うよりも、どこかの組の若頭のほうが似合いそうな迫力《はくりょく》に、男が言葉を失う。

「……」

気圧《けお》されている男に向かって緒方が男の耳元で何か囁《ささや》く。その内容は俺には聞こえなかった。

しかし緒方の言葉を聞いて目に見えて男が怯《おび》え出し、緒方の側にいた警官までも一瞬《いっしゅん》青ざめた。

「ちゃんと摑まえておけ」

緒方は警官に命令すると、俺の腕を摑んだ。

「帰りますよ」

「お、緒方さん……っ」

そのまま足早に腕を引かれる。階段を下りて、真夜中だっていうのにクラブにいた客や警官で騒《さわ》がしいロビーを横切り、警察署の裏から外に出た。

「丸くなったんじゃなかったの？」

外に出た途端、聞こえた声に振《ふ》り返ると、黒髪《くろかみ》の女性が壁に寄りかかって立っていた。

長い脚《あし》をさらに長く見せるストライプのパンツスーツがよく似合う美人だ。指に挟《はさ》んでいる細身の煙草《たばこ》から唇《くちびる》を離《はな》し、煙《けむり》を吐《は》き出す仕草が堂に入っている。

不意に女性の薬指に指輪が光っているのを見つけ、彼女の声が留守番電話の声に似ていることに気づいた。

「無関係な一般人《いっぱん》を脱臼《だっきゅう》させたんですって？」

「すぐに戻《もど》してやっただろ」

投げやりに緒方が言う。ささくれ立ち、鬱陶《うっとう》しそうな口調を向けられても、女性は怯《ひる》まずに口の端《はし》を持ち上げる。赤い口紅が綺麗《きれい》に塗《ぬ》られたその唇が、皮肉げに歪《ゆが》む。

「極秘《ごくひ》の潜入捜査《せんにゅうそうさ》中によく目立つような事が出来るわね。五課まで動かしたんだから、上もあなたが単独行動していたことに気づいたわよ」

何かを押し殺したような、強い口調でそう言ってフィルターをぎりっと噛《か》んでから吸い殻《がら》入れに捨てる。

緒方はそれに対して何も反論しない。女性は複雑な表情で視線を逸《そ》らす。

「また降格させられたら、アナタの可愛《かわい》い子が泣くんじゃない？」

小声で口にしてから、女性は俺達が出てきたドアノブに手をかける。

「あんな小娘《こむすめ》を保護するためにこんな騒動《そうどう》起こして、もし上手《うま》くいかなかったら許さないわよ」

捨て台詞のようにそう言って、女性がドアの向こうに消える。

あんな小娘、というのが誰かは分からなかった。笹川のことだろうか。

緒方は女性の台詞を気にした素振《そぶ》りもなく、生け垣《がき》の近くに停《と》めてあった車のドアを開けた。

「乗ってください」

有無《うむ》を言わせぬ雰囲気《ふんいき》に、逆らう術《すべ》もなく車に乗り込む。

置いてきてしまった笹川が気がかりだったが、いまさら署の中に引き返す気にはなれなかった。それに緒方とは話したいことがたくさんある。

「さっきの女性、緒方さんとどういう関係なんですか？」

彼女はあの留守電の声の主だ。関係など聞かなくても分かっているようなものだった。

「部下です」

「……それだけじゃないですよね」

先程の彼女の気安い態度がとても部下と上司のものには思えない。

緒方は少し躊躇《ためら》った後で重い口を開く。

「元婚約者《こんやく》です」

緒方の言葉になんと反応すれば良いのか分からずに、黙り込む。

婚約者、という言葉が重い。緒方も彼女も指輪をしていた。本当に〝元〟なのだろうか。

「その指輪……」

ハンドルを握《にぎ》る緒方の指には指輪が光っている。

「あの婚約者の人とペアですか？」

「馬鹿《ばか》なことを言わないでください。これは潜入《せんにゅう》のためのただの小道具です」

安物ですよ、と緒方は言った。

「あの人とは本当になんでもないんですか？」

「信用できませんか？」

「緒方さんだって俺のことを信用してない」

緒方はため息を吐き出す。

「……電話」

絞《しぼ》り出すようにそう言った。

「電話、くれませんでした」

責めると緒方が「冷静に話せる気分になれなかったので」と答える。

「嫉妬《しっと》してあなたに酷《ひど》いことを言ってしまいそうだったので、出来ませんでした」

「嫉妬なんか、俺の方がしてる」

思わず声が尖《とが》る。一度口にしたら止められなくなった。

まるでガキみたいだと思いながらも、次から次へと緒方の腕《うで》に寄り添《そ》っていた派手な女性や、先程《さきほど》の婚約者の事を詰《なじ》った。

「捜査《そうさ》でも誰《だれ》か他《ほか》の女性と親しくするのは嫌《いや》だ。それに胸が、緒方さんの腕に当たってた」

嫉妬にまみれた見苦しい台詞を、緒方は俺が言い終わるまで黙《だま》って聞いていた。

鬱陶しいと思うだろうか、女々《めめ》しいと思うだろうか。

そんな恐怖感《きょうふかん》で、緒方が再び吐いたため息に、思わずびくりと肩《かた》が揺れる。

「狭量《きょうりょう》ですね、私は」

「え？」

最初は自分の事を言われたのかと思ったが、緒方が自嘲《じちょう》してそうではないと知る。

「高橋とあなたのことに未《いま》だに腹が立っている。あなたを不安にさせてしまうくらいに」

すみません、と緒方が謝る。

緒方の左手が膝《ひざ》の上に置いたままの俺の手に重なった。

やっぱり長くて綺麗なその指と、そこに嵌《はま》った指輪が気になる。

「呆《あき》れないんですか？　鬱陶しいって……思ってるんだろ？」

「〝他の人と一緒《いっしょ》に居るぐらいなら、自分と一緒に居て欲しい〟なんて、そんな風に詰られたら鬱陶しいなんて思えませんよ。かわいらしいとしか、思えません」

緒方はそう言って高架下《こうかした》沿いで車を路肩《ろかた》に停めた。ライトを消して、珍《めずら》しく躊躇うように俺の手の甲《こう》の上をなぞる。

「店で連れていた女に恋愛《れんあい》感情はありません。あれは情報源であり、大事な取引材料です」

「どういうことですか？」

緒方は一度口を閉《と》ざしてから、諦《あきら》めたような顔で再び口を開く。

「彼女が高橋の交換《こうかん》条件です」

首を傾《かし》げると、緒方は高橋から持ちかけられた取引の内容を教えてくれた。

緒方に腕を絡《から》めていた金髪《きんぱつ》の女性は高橋が所属している国光組幹部の一人娘《ひとりむすめ》で、まだ高校生なのに家出して東京で遊んでいるということ。彼女がアヴァロンの店長と恋愛関係にあること。

高橋が捜査官《そうさかん》を救出することの見返りが、彼女の保護と恋人《こいびと》である店長の逮捕《たいほ》だったことを緒方は教えてくれた。

先程の女性が小娘と呼んでいたのは、笹川ではなくあの金髪の彼女の事なのか。

「でも、高橋に取引を持ちかけられる前から、緒方さんは彼女と一緒にいただろ？」

騙《だま》されない、と言うようにぎゅっと拳《こぶし》を握ると、宥《なだ》めるように優《やさ》しく掌でそれを包まれ、撫《な》でられる。

「彼女が国光組幹部の娘というのは一部では有名です。その彼女と一緒にいる男が、まさか刑《けい》事《じ》だとは思わないでしょう？　潜入捜査の隠《かく》れ蓑《みの》にはうってつけです」

緒方は淡々《たんたん》と口にした。

「それに彼女の恋人は末端《まったん》とはいえ千曲の構成員の一人です。だからあの店には千曲の人間が集まる。情報を収集する為《ため》に便利だったから近づいただけです」

緒方の言い様に、少し彼女が気の毒になる。だからといって、少しでも緒方が彼女に気があれば、それはそれで嫌だなんて自分でも矛盾《むじゅん》していると思う。

「千曲の構成員と彼女が恋人関係になったのは純粋《じゅんすい》な理由じゃない。千曲の構成員がいざとなったら、彼女を人質《ひとじち》にしようと考えていたからです。国光組が関東に進出するというのは、千曲や海老殻、他の関東に拠点《きょてん》を置く連中にとっては頭の痛い問題ですからね」

千曲会も海老殻組も、今年の初めにさんざん聞いた名前だ。間接的とはいえ、またその組織に関《かか》わることになるとは思わなかったが、けれど緒方がそれを取り締《し》まる立場にいる限り、仕方ないのかも知れない。

「幹部の娘を押さえておけば、それほど無理な進出はしてこないと思ったのかもしれません。それに、彼女から内部情報を引き出すことも可能ですからね。実際、あれは口が軽い」

だけど、保護ぐらいなら高橋でも可能なはずだ。高橋なら嫌がる女性を無理矢理《むりやり》車に乗せて親元に送るぐらい、造作もないことだろう。

緒方は俺のその疑問を読みとったように「彼女にはボディガードが付いていましたから」と答える。

「正確には見張りですね。彼女が逃《に》げないためと、国光組の人間が彼女に迂闊《うかつ》に近づかないために。だから高橋は近づくことができなかった。髪形《かみがた》まで変えて努力していましたが、彼にはあまり変装の才能はないようですね」

ようやく慣れないサングラスと、今更《いまさら》髪をストレートにした理由が分かった。

本気で変装するならば、俺の病室に来たときのように、Tシャツにジーンズの方が良《い》いだろう。けれどただでさえ童顔なのに、さらにガキっぽくなった姿を部下や敵対組織に見られるのは、仕事のためとはいえ嫌なのかもしれない。

「でも、見張りが付いていたなら緒方さんはどうして近づけたんですか？」

「経験の差ですよ」

当然のように緒方が答える。

「彼女のこと、誘惑《ゆうわく》したりしましたか？」

「少し話をしただけです」

視線を向けると「やましいことはないですよ」と困ったように言う。

「分かりました。信じます」

疑うのが嫌なら信じるしかないし、信じたいと思った。

「ありがとうございます」

高橋は恐《おそ》らく緒方ではなく、彼女の方を見張っていたのだろう。そこに偶然《ぐうぜん》緒方が絡み、俺を利用した取引を思いついたのだ。

「高橋と取引したことで、緒方さんは処分されるんですか？」

「明るみにでれば……ですね」

含《ふく》みのある口調で緒方が言う。

「大丈夫《だいじょうぶ》なんですか？」

緒方にとって彼女が取引材料ならば、高橋にとっての取引材料は俺と人質の刑事だ。責任を感じて問いかけると、緒方はにっこりと微笑《ほほえ》む。

「もし私が処分されるのなら、部下を見殺しにしようとした上層部の奴等《やつ》も道連れにします」

その笑顔《えがお》に空恐《そらおそ》ろしいものを感じて、言葉に詰《つ》まる。

「それよりも、やっぱりあなたにはあまり高橋に近づいて欲しくないですね。友達なのは分かりますが、そう思ってるのはあなただけだと思いますよ」

「まさか……」

そんなことない、と否定しようとしたが緒方に遮《さえぎ》られる。

「でも、私が束縛《そくばく》すべき事ではないのも事実です。だから会うのは仕方ないと思いますが、浮《う》気《わ》《き》はしないでくださいね？」

念を押す緒方に頷《うなず》きながら、どうして緒方がそれほどまでに高橋を警戒《けいかい》するのか理解できなかった。高橋が何か緒方に余計なことを言ったのだろうか。

ただでさえ、あいつは緒方を挑発《ちょうはつ》していた。

「緒方さんて……もしかして嫉妬《しっと》深《ぶか》いんですか？」

予備校で女子高生に告白された時は、嫉妬なんて素振《そぶ》りも見せなかったから気づかなかった。

「あなたに関してはそうかもしれません。そういうのは嫌《きら》いですか？」

不安げに聞いてくるから首を振《ふ》った。

手に重なる緒方の掌から、じわりと熱が伝わってくる。初めてあった時の氷のように冷たい指先の記憶《きおく》があるせいで、緒方の体が温かいと安心する。

「あなたが関わると自分が自分でなくなる。感情の抑制《よくせい》が利《き》かなくなって、あなたを怖《こわ》がらせてしまいますね。これでも抑えているつもりなのですが……」

手放せないまま、いつか壊《こわ》してしまいそうで怖い。

呟《つぶや》くように緒方はそう言った。俺も緒方が関わると自分が自分でなくなる。緒方ばかりを求めて、感情が高ぶって身動きが取れなくなる。

だけど緒方も俺のせいでかき乱されることがあるのなら、俺もそれでいいと思えた。

お互《たが》いが唯一《ゆいいつ》の例外なら、そんな情けない自分も許せる。

「大丈夫。そんな柔《やわ》じゃない」

ゆっくりと唇《くちびる》を押し当てる。煙草《たばこ》の匂《にお》いがした。

「あなたが大丈夫だと言うと、いつも何もかもが上手《うま》くいくような気がする」

穏《おだ》やかな口調でそう言ってから、緒方が深いキスを仕掛《しか》けてくる。

「敬介以外の人間とはしません。だから敬介もそうしてください」

キスの合間に囁《ささや》かれ、目頭《めがしら》が熱くなる。

「もう、しません。俺も絶対、緒方さん以外とは、しないから」

そう言いながら、先程《さきほど》の女性警官の言葉を思い出す。

「だから。これからも俺と付き合って。どこかの可愛《かわい》い子のところになんか行くな」

自分でもガキっぽい台詞に呆《あき》れながら、結局は子供のようにその胸に縋《すが》ってしまう。

何度かキスを繰《く》り返した後で、困ったようにいつもの優しい笑みを緒方が浮《う》かべる。

「その、可愛い子が誰《だれ》なのか、本当に分からないんですか……？」


緒方の部屋に連れて行かれたのは、明け方と呼んでも良い時間だった。

夏の朝は早いから、もう既《すで》に空の端《はし》が淡《あわ》い色になりはじめている。

それでもまだ室内は電気をつけないと暗い。

「コーヒーでいいですか？」

緒方がそう言って台所に向かう。その背中に、背後から抱《だ》きつく。

あの店で緒方が俺を助けてくれたのが嬉《うれ》しかった。

「捜査《そうさ》の、途中《とちゅう》だったんじゃないんですか？　俺が飛び込んだせいで……めちゃくちゃにしちゃいましたか？」

「いいえ、もう私の仕事は終了《しゅうりょう》しています」

「捜査員の人は？」

「先程、行方《ゆくえ》不明だった捜査員から連絡《れんらく》がありました。彼の報告を聞かなければならないので、今日もまた出かけなければいけませんが……」

そういえばマンションの駐車場《ちゆうしやじよう》で緒方の電話が一度鳴った。盗《ぬす》み聞きするつもりはなかったので、俺は一足先にエレベーターに乗り込んだ。

「そうですか」

俺までほっとして、肩《かた》の力が抜《ぬ》ける。

見知らぬ人間とはいえ、何事もなくてよかった。その人にだって待っている人がいるだろう。

「とりあえず、私の部下の件に関しては、あなたの友人は約束を守ったようです」

緒方の肩に額を付ける。

「高橋とは本当に」

「分かっています」

穏やかな声にほっとする。

「大人げなく意地を張ってすみませんでした」

その言葉に緩《ゆる》く首を振る。触《ふ》れているところが少ないような気がする。もっと、体中で触れてたいと思った。

「敬介」

緒方の腹の前に回した腕《うで》に、緒方の指が優《やさ》しく触れた。

包み込むような指先に勇気づけられる。喉《のど》の奥に張り付いて出てこない言葉を、声にする躊《ため》躇《ら》いをぬぐい去ってくれる。

「……抱いてください」

拒絶《きょぜつ》されたら死んでしまうと思いながら、口にした。

返事を返してくれない緒方に、ぎゅっと縋りつく。

「ちゃんと恋人《こいびと》同士みたいに、緒方さんとしたい」

もうあんな風に一方的に高められるのは嫌《いや》だ。苛立《いらだ》ちをぶつけるように抱かれても、空《むな》しくて悲しいだけだ。だからその記憶を、早く上書きして欲しい。

「シャワー浴びてきます」

何も言わない緒方が怖くて、断られる前に言って腕を放すと、そのまま手首を取られて正面から抱きしめられる。痛いほど強い腕に、何故《なぜ》だか泣きそうになった。

「高橋と何もないことは分かっていました」

緒方の唇が耳に触れる。直接吐息《といき》を吹《ふ》き込むように囁かれ、体の奥がぞくりと震《ふる》えた。

「それでも嫉妬《しっと》しました。あなたが高橋を大事に思っているのは知っていましたから」

「俺達はただの……」

「分かってます。酷《ひど》い抱き方をして、すみませんでした」

目尻《めじり》にキスされて、ぎゅっと緒方の背中に腕を回す。

「……っ」

「あなたが愛《いと》しくて仕方ない。だから嫌いなんて、言わないでください」

いつか自分が泣きながら口にした幼い台詞《せりふ》を思い出して、緒方が傷ついていたのだと知る。

「嫌いじゃない。嫌いになったことなんか一度もない」

「良かった」

ほっとしたように緒方が言ったその一言に、じわりと涙腺《るいせん》が弛《ゆる》む。

緒方との関係が終わるかも知れないとずっと怯《おび》えていた。だからその言葉が聞けて、安心したのは俺の方だ。

不意に滲《にじ》んだ視界に、殴《なぐ》られて凹《へこ》んだ冷蔵庫が目に入る。

「冷蔵庫……殴って、ごめんなさい」

悪戯《いたずら》を働いたことを自ら告白する子供みたいに頼《たよ》りない口調で謝ると、緒方が声を立てて笑った。

カーテンの隙間《すきま》から薄明《うすあ》かりが差し込む。先程よりも白んだ空に、夜明けが近いことを知る。

今日が休日で良かったと思いながら、肌《はだ》を辿《たど》る緒方の指先に体を預けた。

近づいた緒方が肩に唇を押し当てる。いつものように、銃創《じゅうそう》に口付けられた。その間に長い指が背骨を辿る。抱き寄せられて、裸《はだか》の体同士が触れ合った。

「敬介、そのまま体勢を入れ替《か》えてもらえますか?」

「え?」

「膝《ひざ》は立てたままで」

言われると同時に足をつかまれて、ベッドの上に転がる。

「わっ」

俯《うつぶ》せのままで緒方に跨《またが》るような体勢で膝を立てると、緒方の望む格好になった。

「嘘《うそ》だろ、こんな」

こんなの、嫌だと逃《のが》れようとした途端《とたん》太股《ふともも》を摑《つか》まれる。強い力に逃れようもない。

顔を上げれば、硬《かた》くなった熱い緒方の欲望《よくぼう》が目の前にある。それと同時に、自分のそれも緒方の目の前に晒《さら》されていると考えると、恥《は》ずかしくて死んでしまいそうだった。

なのに足を摑んでいた片方の手が穴に触れると、死んでしまうどころじゃなくなる。

「うわっ」

指で開かれた穴の奥に緒方の視線を感じて、体が震える。

広げられた奥が羞恥《しゅうち》を感じ、うねるように動くのが自分でも分かった。その淫《みだ》らな動きも見られているのかもしれないと思うと、目の前が真っ赤に染まる。

緒方の唾液《だえき》で濡《ぬ》れた指が体の中に入り込み、柔《やわ》らかい内壁《ないへき》を引っ掻《か》く。

「っ……ン」

鼻に掛《か》かった自分の声に恥ずかしさが増す。必死で喉の奥で声を殺そうとした。

目の前の緒方のペニスに舌を伸《の》ばして、出来るだけ意識をそちらに集中しようと舐《な》める。

血管が浮き上がった黒く硬い熱の塊《かたまり》が唾液に濡れていく。音を立てて唇《くちびる》を寄せて、舌で舐め上げた。

カリの部分が歯に引っかかりそうになる。

「ふっ、んぅ」

大きく口を開いて喉の奥まで飲み込もうとした時に、前立腺《ぜんりつせん》のあたりを弄《いじ》られて思わず悲鳴じみた声が漏《も》れる。

「や、やめてくださいっ、それ、や……っ」

体を引こうとすると、腰《こし》を摑まれて窘《たしな》めるようにさらに内股《うちまた》を甘噛《あまが》みされる。

「ん……シッ」

首をうち振《ふ》って逃れようとするのに逃れられない。

それでもどうにか声だけはあげないようにと、奥歯を嚙みしめる。

「うぅ……く」

「声、聞かせてくれないんですか？」

「う、ぁ、だって」

指がピストンする。何度もしつこく弱い部分を突《つ》かれて、指の腹で擦《こす》られた。

ぬちぬちと粘《ねば》ついた音を穴に挿《い》れられた指が立てる。

緒方を跨《また》いだ格好で何もかも見られながら、体の一番汚《きたな》い部分をそんな風に弄られていると考えれば考えるほど、消え入りたいほど恥ずかしくなる。

「っ……あっ、くッ」

けれど恥ずかしさを感じる度《たび》に、とろとろとペニスの先からガマン汁《じる》が零《こぼ》れて、緒方の胸を汚《よご》す。

「だって……？」

「俺みたいなのが、そんなの、気持ち悪い」

女性じゃないのに女性みたいな声をあげるなんて、気持ちが悪いだけだ。俺が抱《だ》いてきた相手だって、そこまで喘《あえ》ぐ奴《やつ》はいなかった。

図体《ずうたい》のでかい男が高い声をあげたところで、興ざめするだけだろう。

「だから」

続けようとした言葉は、結局声にならなかった。

「んん……っ」

敏感《びんかん》な場所をぐりぐりと押されて咄嗟《とっさ》に唇を噛んだが、体を支える腕の力が抜《ぬ》けて、そのまま緒方の体の上に崩《くず》れる。膝だけはなんとか崩れなかったが、内股が震えていた。

頬《ほお》に緒方のペニスが擦《す》れ、その熱い欲望の先から溢《あふ》れ出したものが顔を濡らす。

「かわいい」

先程《さきほど》甘く噛まれた太股《ふともも》のあたりを、ねっとりと舐められる。

「ふ……ぁ、ん、んっ」

とろりと、また透明《とうめい》な粘液《ねんえき》が俺の鈴口《すずぐち》から溢れる。

広げられた場所から指が抜かれて、寂《さび》しがるようにそこがひくついた。

そのまま体を反転させられて、ベッドに押し倒《たお》される。膝を掴まれて足を開かれると、これから緒方を受け入れる期待でどうにかなりそうだった。

「敬介」

宛がわれた亀頭《きとう》を飲み込みたくて腰が揺《ゆ》れる。

緒方の舌にゆっくり下唇を舐められて、そのまま口の中に舌を挿れられるのと同時に、下の穴からも緒方が体の中にゆっくり入り込んでくる。

「あっ」

上も下も同時に体に入り込まれて、恐怖《きょうふ》に似た快感を感じた。

「ン、ンッ」

奥まで入れると緒方は腰を動かさずに、その代わりキスを繰《く》り返しながら胸を弄る。爪《つめ》の先で乳輪の周りを辿り、押しつぶすように先端《せんたん》を指の腹でぐにぐにと苛《いじ》められた。

「んっ」

「声、聞かせてください」

首を振ると芯《しん》を持って硬くなった乳首《ちくび》にゆるく爪が立てられる。

「や、め」

きゅう、と体の奥が窄《つぼ》まる。緒方のペニスを締《し》め付けてしまう。

動いて欲しいのに、動いてくれない。欲しくて欲しくておかしくなりそうだ。

「瑞希」

名前を呼ぶと、ゆっくりと緒方が微笑《ほほえ》んだ。

「敬介の声も、顔も、体も、性格も、何もかもかわいくて仕方がない。だから、声を聞かせてください」

その台詞は耳元で囁《ささや》かれた。

「あっ……」

ゆっくりと揺さぶられると同時に、濡れたペニスに緒方の指が絡《から》みつく。

熱に爛《ただ》れた内壁を擦られながらサオを扱《しご》かれると、声が止められなくなる。

「くっ…ぁ、う」

再び唇を噛みそうになると、緒方が柔らかくキスを仕掛《しか》けてきた。

「ん、ぁ」

舌を吸われ、声が出る。いやらしいキスに頭がぼうっとした。

「かわいい」

とろけきった顔で緒方を見上げると、優《やさ》しく抱《だ》きしめられる。繋《つな》がった場所が卑猥《ひわい》な音を立てて、快感を送り込んでくるのを受け止めながら、緒方にしがみついて声をあげた。

「あっ、あァ……っん」

ゆるく、何度も揺さぶられて、挿れたばかりなのに限界が近づく。

こんなにも我慢《がまん》が利《き》かない事に自分でも驚《おどろ》きながら、耐《た》えられずに腰を動かした。

「も、い……く」

緒方の背中に回した手に力を込めながら、ほとんど無意識に内側を締め付けてしまう。

ぴったりと緒方のペニスに張り付いた肉壁《にくへき》から、その脈動が感じられる気がした。

「あ——……っ」

揺さぶられるまま、ろくにペニスも触《さわ》られていないのに達する。

その瞬間《しゅんかん》、指先まで電流が走り抜けたような感覚に襲《おそ》われて、予想以上の快感に目眩《めまい》まで感じた。ひくり、と喉《のど》が鳴って目尻《めじり》から涙《なみだ》が零れる。

体の奥が壊《こわ》れたように何度も緒方のペニスを締め付けているのは分かっていたが、自分では止めようもない。

達したばかりのペニスはまだ硬《かた》く熱いままで、だらだらと透明な粘液を垂れ流している。

そのペニスに、緒方が触《ふ》れる。

「ひっ」

敏感な先端に触れられ、その指は俺が零したものをすくい上げる。

目の前でその指を口に含《ふく》まれて、死にたくなった。

「な、にして……」

恥《は》ずかしさに顔が赤くなるのが分かる。

「後ろでいったんですか？」

一度ずるりと緒方が中に入っていたものを抜き取る。

「あっ…ん」

その時の刺激《しげき》にすら感じて、体が震《ふる》える。体中が性感帯になったように、触れられたところから快感が痛いぐらいに染《し》みこんでくる。

「この間も、こんな風になってましたね」

ひどく抱かれた時のことを言っているのだと気づいたが、呼吸を整えるので精一杯《せいいっぱい》だった。

「あ、あ……っ」

震える太股を緒方の掌《てのひら》が撫《な》でる。その指が、穴とペニスの間を辿《たど》った。

「や、……ン、ぁ」

足を閉じそうになると、足首を掴《つか》まれて開かされる。

その足首に触れている手にすら感じてしまう。

「……まだ、触られるのは」

強い快感にすすり泣きながら、緒方の手から逃《のが》れようとすると、そのまま再び穴に緒方の欲《よく》望《ぼう》を穿《うが》たれる。体位を変え、緒方の腰《こし》の上に跨《また》がるように受け入れる。

自分の体の重みで、深い場所までペニスが埋《う》まっていく。

「ひっ、ぁ……あァ」

先程とは違《ちが》い、激しく下から何度も突き上げられた。

泣きながら緒方の顔を見下ろせば、欲情《よくじょう》にまみれた顔をしていた。視線が合うと噛《か》みつくようなキスをされる。

「あっ、あっ」

先程までのセックスとは違う荒《あら》っぽいやり方で追いつめられる。

ピストンされる度に達しているような気がした。自分でももうよく分からない。

強烈《きょうれつ》な快感に飲まれて、緒方に抗《あらが》う力もなく、されるが儘に受け入れる。

「いいですか？」

睨《にら》むような強い視線で、緒方が尋《たず》ねた。

「いい……、きもち、い」

うわごとのようにそう答えながら、緒方の顔を見つめる。すると、喉を鎖骨《さこつ》のあたりから舌で舐《な》め上げられた。途中《とちゅう》喉笛を噛みきるような角度で、ゆっくりと甘噛みされる。

何かに似ていると思い、気づく。

獲物《えもの》を狩《か》る捕食者《ほしょく》に似ているのだ。牙《きば》を剝《む》き、捕らえて噛みつき、舌なめずりをして食《く》らう。

「あ……っ、うぁ…ああ」

他人に組み敷《し》かれることに恍惚感《こうこつかん》を感じる日がくるなんて思わなかったが、緒方に喰《く》われることを望んでいる自分がいる。

「敬介」

ペニスを扱かれて体の奥で熱がうねる。剝き出しの神経に触れられているような、直接的な快感に涙が溢れる。

「っ、瑞希……っ」

名前を口にした瞬間、緒方のペニスが嵩《かさ》を増す。

「あっ」

せまい場所がさらに広げられる。

「ンッ……ぁ。あっ」

緒方が息を詰《つ》めたのが分かった。体の奥で熱が弾《はじ》ける。熱いそれがどくどくと注ぎ込まれ、促《うなが》されるように射精した。白濁《はくだく》した液体が緒方の胸に飛ぶ。

それを舐め取るように唇《くちびる》を寄せると、体に入っていたものがずるりと抜《ぬ》けた。内股《うちまた》が震えてなかで出されたものがこぼれ落ちる。

「やらしいですね」

音を立てて自分の精液を舐め取る俺を見て、緒方がそう言って体を起こす。

「っ」

注がれたものを溢《あふ》れさせている穴を見られて、慌《あわ》てて足を閉じようとするが緒方の力に敵《かな》わずに、その部分を晒《さら》す羽目になる。

ぐいっと、広げられた足の間に緒方が顔を寄せる。

萎《な》えかけたペニスに緒方の舌が這《は》う。精液とガマン汁《じる》が混ざった淫液《いんえき》を、緒方が舐めとる。

「あ……、あ」

柔《やわ》らかで熱い口内で吸われて、尿道《にょうどう》の中に残っていた精液がどろりと動くのが分かった。

「んっ、やっ」

強い刺激に思わず足を閉じそうになる。

緒方の指が穴に入り込み、精液を掻《か》きだすために曲げられた。

それを拒《こば》むように腰を引いて、緒方の腕《うで》を引く。

「敬介？」

近づいてきた緒方の唇を舐めながら、自分でも浅ましいと思いながら「もっと」と口にした。

方だと、心の中で反論した。

「本当に、あなたはかわいくていやらしくて、我慢できなくなる」

低く掠《かす》れた声でそう言った緒方の指が体を這うのを感じながら、我慢できなくなるのは俺の方だと、心の中で反論した。

「もっと、欲しい」

まだ繋がっていたい。

恥ずかしいその願いを口にした途端《とたん》、緒方に抱きしめられる。

目が覚めると、部屋に緒方は居なかった。それでも半開きになったドアの向こうから音がする。

陽《ひ》は完全に昇《のぼ》りきっていて、時計を見ると正午に近い時間帯だ。

「あ……」

予備校に行かなきゃ、と慌てて体を起こすと、腰が鈍《にぶ》く痛む。

「う」

思わず呻《うめ》いてそのまま再び横になり、自分の体が綺麗《きれい》になっていることに気づく。それだけではなく前にも一度借りた、リネンの黒いルームウェアに着替《きが》えさせられている。シーツも替《か》えられているようだ。

意識を手放した俺の体を緒方が綺麗にしたのだと考えると、居たたまれない。

それでも緒方の顔が見たくて、怠《だる》い体で立ち上がる。

裸足《はだし》のままぺたぺたとフローリングを歩いてリビングに出る。

するとキッチンで緒方が何かを作っているのが見えた。

「何してるんですか？」

ふらつく足取りで近づいて、そのまま背後から抱《だ》きつく。手元を覗《のぞ》き込むとフライパンの中のスパゲティが目に入る。

「お腹《なか》空いたでしょう？　もうすぐ出来ますから、その間にお風呂《ふろ》をどうぞ。お湯張っておきましたから」

そう言って緒方がやんわりと前に回した腕を解こうとする。

それに反抗《はんこう》するように、ぎゅっと力を込めた。緒方の肩《かた》に額を押しつけながら「敬介？」不思議そうに名前を呼ぶ緒方に「どこか行くなら起こしてください」と我が儘《まま》を口にする。

「一人で起きるの、嫌《いや》なんです」

「……わかりました」

抱きついたまま、緒方に寄りかかっていると「あまりかわいいことをしないでください」と苦笑《くしょう》される。

一体これのどこがかわいいのか、よく分からない。

「してません」

「してますよ。まるで自制心を試《ため》されている気分です」

緒方がそんな風に言うから、そんなつもりはなかったのに、その首筋に触《ふ》れてみたくなった。

目の前にある首に、そっと唇を押しつける。

「本気で試すつもりですか？」

何も言わずに首や頬《ほお》に唇を押しつけていると、振《ふ》り返って緒方に唇を塞《ふさ》がれる。

「あなたに関しては我慢《がまん》が利《き》かない自分が嫌になります」

労《いたわ》るように腰を撫でられるが、その手がだんだんいやらしくなっていく。

「責任を取ってください」

俺の台詞だ、と思いながら聞いていると、文句を言う前に緒方の舌が唇の間から入り込んでくる。それに答えながら、俺はフライパンの加熱を止めた。

おいしそうだったスパゲティはいつの間にか台無しになっていた。台所は焦《こ》げた臭《にお》いが充満《じゅうまん》していたが、そんなことどうでもいい。

体を這う緒方の指に再び体を火照《ほて》らされながら、予備校の講座をまたさぼる決意をした。

「あの人は本当に他人を信用しない人なのよ」

呆《あき》れたようにそう言ってから、夕方の混雑したデパートの隅《すみ》で歯ブラシを握《にぎ》り、緒方の元婚《こん》約《やく》者がため息を吐《つ》く。

彼女は緒方の元婚約者であると同時に、現在入院中の緒方の部下の婚約者だ。来月には結婚を控《ひか》えていると言っていた。

『アナタのせいで二回も花嫁《はなよめ》になりそこねるところだった』

先程《さきほど》病室で会った時に緒方に向かって言っていた。病院の個室で緒方とその部下が話し込んでいるために、俺達は近くのデパートで入院生活に必要なものを買い出している。

何故《なぜ》俺まで来ているのかと言えば、緒方の部下が高橋にお礼を渡《わた》したいと言ったからだ。どうせ予備校はとっくに終わっている時間だったし、もともと今日はさぼると決めていたので、病院に付き合うことに異論はなかった。

包帯まみれの男を見る限り、本当に後少しでも救出が遅《おそ》かったら命が危険だったようだ。

俺は高橋に代理人として預かった手紙を渡すことを約束したが、緒方はあまりいい顔をしなかった。

俺に対する疑惑《ぎわく》は消えたようだが、未《いま》だに高橋に対する疑惑は残っているようだ。それに上司としても、部下がヤクザに礼状を書くなんて見逃《みのが》せない事態なのだろう。

「そんなあの人に特別な可愛《かわい》い子が出来るとは思わなかったわ」

「可愛い子、ですか……？」

「あら、アナタも知らないの？」

元婚約者の女性は首を傾《かし》げる。緒方は俺のことを親しい友人として女性に紹介《しょうかい》していた。

「私も顔は見たこと無いの。だけど電話しているのを聞いたことがあるわ。上司に対するような改まった口調で話しているから、思わず笑っちゃった。おかしかったけど、婚約者がちょうど拉致《らち》された直後だったから、恋人《こいびと》にいそいそ電話している姿に物凄《ものすご》く腹が立ったのよね」

それを聞いて、電話の背後から聞こえたヒステリックな笑い声を思い出す。

「デレデレしちゃって、元〝公安の鬼《おに》〟が形無しだわ。私なんて連絡《れんらく》もなしで何度も待ちぼうけだったのよ。変われば変わるものね。過去にその子に命を救われたことがあるらしいから、臨死体験でもして人格が変わったのかも」

女性の言葉に、俺はようやくその〝可愛い子〟が誰《だれ》を指すのか理解する。

赤くなった顔を隠《かく》すように俯《うつむ》いて、ひたすら動揺《どうよう》を隠そうとした。

「ずいぶん年下の相手らしいけど、いったいどんな相手なのかしら。命を救われたっていうぐらいだから、女医さんか看護師さんだと思うんだけど、心当たり無い？」

「さぁ……？」

曖昧《あいまい》に首を傾げながら、早く赤い顔をどうにかしなければと思った。

必要な日用品や下着を含《ふく》めた着替え、見舞《みま》いに持ち込まれた花を生ける花瓶《かびん》を買い、病室に戻《もど》る。

二人の話は一段落ついたのか、出てくるときの緊迫《きんぱく》した様子はなかった。

「で？　私を未亡人にしようとした連中に罰《ばっ》を与《あた》える方法は思いついたの？」

冗談《じょうだん》交じりにそう口にした元婚約者に、緒方の部下は力無く笑う。

その包帯まみれの顔は過去に見たことがある。緒方の弟だと偽《いつわ》っていたあの潜入捜査官《せんにゅうそうさかん》だ。

「焦《あせ》るな」

緒方の台詞《せりふ》に、元婚約者が片眉《かたまゆ》を上げた。

「潜入がばれたのは、どう考えても内通者がいたからとしか考えられないわ。その内通者が誰かは知らないけど、黒幕ならあなたも目星がついているんでしょう？」

密度の濃《こ》い話に、俺はこの場に居て良《い》いのか迷う。けれど三人は誰一人として俺の存在を気にしていないようだった。

「ああ。だからこそゆっくり、時間をかけて相応の償《つぐな》いをして貰《もら》う」

何でもない事のように言ってから、緒方が口元に笑《え》みを浮《う》かべた。

眼《め》は一切《いっさい》笑っていないその笑みに、緒方の部下はぞっとしたような顔をする。

「ならいいわ。必要ならなんでも協力するから言って頂戴《ちょうだい》。その代わり、ぬるいことはしないでね」

緒方は病室を出ようとして、それから思い出したように背広のポケットから指輪を取り出す。それは先日緒方が嵌めていたものだった。

「色々用意してくれて助かった。とりあえず、これは返しておく」

元婚約者はちらりとそれをみて「安物だから捨ててくれてもいいのに」と言ったが、そこにはなんの感慨《かんがい》もないようだった。

「緒方警視」

部屋を出ようとしていた緒方を、部下が呼び止める。

「ありがとうございました」

「救出したのは俺じゃない」

「ですが緒方警視が動いてくれなければ、自分はあのまま消されていました。ありがとうございました」

「……お前が死んだら、監督《かんとく》不行き届きの責任を問われて俺が〝所轄《しょかつ》の魔女《まじょ》〟に殺されそうだったからな」

「ちょっと、昔の呼び名を持ち出さないでよ！」

拗《す》ねたような声音《こわね》で女性が言っているのが聞こえたが、緒方は病室のドアを締《し》めて歩き出す。

先程緒方のことを鬼だなんだと言っていたが、彼女自身も魔女と呼ばれていたのを知って、おかしくなる。鬼と魔女で結構良い組み合わせだったんじゃないだろうか。

以前に緒方が優《やさ》しいのは俺にだけだと言っていたが、本当はそうじゃない。部下の命を救うために警察内部の方針に逆らって独自で潜入捜査を行い、自分のクビをかけて高橋と取引をした緒方は、俺以外にだって優しい。

きっとぶっきらぼうな口調が、緒方のそんな優しい部分を覆《おお》い隠しているだけなのだろう。そんなことを口にしたら、高橋あたりには「あばたもえくぼだ」と言われかねないが。

病院を出て緒方の車に乗り込んだ時に、緒方の携帯電話《けいたいでんわ》が鳴りだした。

舌打ちをしてからそれを取った緒方は短い会話で通話を終わらせると、仕事が入ったと苦々しく口にする。

「部屋で待っていて貰えますか？」

そう言って、緒方が俺に鍵《かぎ》を渡す。

真新しい鍵は俺があの日、テーブルに置き去りにしてきたものだった。

「これ、もう一回貰ってもいいんですか？」

「もちろんです。でも、本当は遊びに来て貰うために渡したわけじゃないんですけどね」

「え？」

「一緒《いっしょ》に暮らしたいって、言うつもりだったんです」

驚《おどろ》いたまま固まっている俺の眼を見つめながら、緒方が真剣《しんけん》な表情で口にする。

「あなたとずっと、一緒にいたい」

緒方の台詞に言葉が出なくなる。顔に血が上って、眼の奥がじんと熱くなった。言葉もなくただ頷《うなず》くと、緒方はほっとしたように息を吐き出した。

「良かった」

安心したように頬《ほお》を撫《な》でる手を感じながら「俺も、緒方さんといたい」と呟《つぶや》く。体の芯《しん》から溶《と》けてしまうような、優しい笑顔を浮かべた緒方に見つめられて、どんどん好きになっていく。底が見えない洞窟《どうくつ》に落下していくように、何度も恋《こい》に落ちる。

「あなたが好きです」

赤くなった頬に唇《くちびる》が寄せられて、それが離《はな》れていく。

追いかけるように口付けて、一体自分は何がそんなに怖《こわ》かったのだろうと思った。嫌《きら》われるのが怖くて、緒方の前で本音を押し殺して逃《に》げていたせいですれ違《ちが》ってしまったような気がする。

「俺も好きだ」

呟いてから、ゆっくり手の中の鍵を握りしめる。

「そう言えば、警察署で俺を殴《なぐ》ろうとした男になんて言ったんですか？」

嬉《うれ》しくて泣き出してしまいそうな気持ちを誤魔化《ごまか》すために、不意に思い出したことを尋《たず》ねると、緒方は笑いながらその時と同じ台詞を呟いた。

「警察がそういうことを言うのはまずくないですか？」

過激な内容に本気で心配する。

「あなたを守るためです」

空いている方の手を取られて、甲《こう》にゆっくりと口付けられる。相変わらず気障《きざ》な仕草だと思うのに、それがやけに似合うのも事実だ。

目を伏《ふ》せた顔に見惚《みと》れながら、そのメガネを外す。

硝子《ガラス》越《ご》しじゃない目を見つめながら、結局緒方に渡《わた》せなかった合い鍵のことは内緒《ないしょ》にしておこうと思った。

「かわいい」

「瑞希の方がかわいい」

そう言ったらあまりにも驚いた顔をするから、思わず声をあげて笑ってしまった。


月曜日に出社すると、笹川が週末の事を詫《わ》びて来た。

「先に帰って悪かったな」

笹川は首と手を同時に横に振《ふ》りながら「私の方こそ、おかしなことに巻き込んでしまって、本当にすみませんでした」と謝る。

「俺が変なところに連れて行ったから、警察に何か嫌《いや》なこと聞かれなかったか？」

「あ、それは全然。それどころか、婦警さんに元彼のこと相談に乗ってもらえて、却《かえ》って良かったです」

「何、また警察のお世話になったの？」

突然《とつぜん》それまで郵便物を見ていた副社長が顔をあげてそう言った。

そこで笹川が手短に事情を説明すると、副社長はため息を吐いて頭《かぶり》を振った。

「どうしようもないね、その男は。今度またうちに現れたらあたしがぶっとばしてやるわよ」

「危ないですよ」

やりかねない副社長にそう注意すると、事務所の隅《すみ》に立てかけられているゴルフバッグを見ながら「こうみえて、アイアンの腕《うで》は一流よ」と断言した。そういえば以前に副社長はチタン製の良いドライバーを買ったと言っていた。何でも、強く叩《たた》いても傷が付きにくいとか。

「でも本当に佐伯さんがいてくれて良かったです。私一人だったら、何されていたか分からないから……」

「気になるようなら、帰りはしばらく駅まで送るよ」

「いいんですか？」

笹川は助かります、と再び頭を下げる。

あんな事があった後じゃ怖いだろうとそう申し出てロッカールームに行くと、既《すで》に来ていた新人が俺を見て不服そうな顔をした。

「どうした？」

「佐伯さんて、彼女いるんですよね？」

真面目《まじめ》な顔でそう聞いてくる新人に「それがどうかしたか？」と返す。

ふと見ると、新人の手が震《ふる》えている。相変わらず怖がられているらしい。見た目が強面《こわもて》なのは今に始まったことじゃないから、この反応にも慣れているがそろそろうち解けてくれても良《い》いのにと思う。

「笹川さんのこと、どう思ってるんですか？」

「は？」

「二股《ふたまた》とか、そんなの笹川さん可哀想《かわいそう》じゃないですか」

「お前、笹川が好きなのか？」

前にも一度した質問を再びする。

「……」

新人は以前のように否定はしなかったが、肯定《こうてい》もしなかった。長い沈黙《ちんもく》の後で、新人が口を開こうとしたとき、ちょうどどやどやと先輩《せんぱい》達がロッカールームに入ってきた。

「おーおー！　白馬の騎士《きし》様じゃねぇか！」

先輩達はそう言った。

「まぁた、一人で株あげやがって。お前なんかただタイミングが良いだけなんだからな」

拗《す》ねたような先輩に「どっちかっていうとタイミング悪いですよ」と答える。

新人は何も言わずに一足先に着替《きが》えて、出ていってしまう。

「良いんだよ！　さっちゃんに格好良いところ見せる機会がたくさんあるんだからな。俺だって一緒にいたら、ストーカーなんかこうで、こうだ！」

こうで、こうだ！　と言いながらシャドーボクシングをしてみせる。

ちゃんと脇《わき》の締《し》まった重そうなパンチを見ながら、本当に口だけではなく強いのかもしれないと思ったが、それを確かめる機会はなくていい。

「先輩奥さんいるじゃないですか」

「ばぁか、男は常に狩人《かりゅうど》じゃなきゃだめなんだ。現状に満足したらそれで終わりだ。よく覚えとけよ」

「はいはい。佐伯、あんまちゃんと聞かなくていいからな」

他《ほか》の先輩の言葉に笑いながらロッカールームを出る。今日の現場も相変わらずあの巨大《きょだい》な水《すい》槽《そう》の前だ。汗水《あせみず》垂らして降り注ぐ太陽に辟易《へきえき》しながら作業を進める。

休憩《きゅうけい》時間に覗《のぞ》き込んだ水槽の中では、やはりキッシンググラミーが口をぶつけて戦っていた。

冷えた炭酸飲料を片手にそれを見ていると、新人が近づいてくる。

「なぁ、なんでこれ戦ってるんだ？　なわばり争いか？」

水槽は巨大で、わざわざ小さな魚が争わなくても、充分棲《じゅうぶんす》み分けができそうだったが、彼らには彼らなりの事情があるんだろうか。

「さぁ、雌《めす》を取り合ってるのかもしれないですけど……」

「ああ、なるほどな」

雄《おす》同士が戦うにはそういう理由もあるだろう。

「あの……っ」

水槽に見入っていると、新人が珍《めずら》しく大きな声を出す。

「笹川さんのことなんですけど……！」

「ああ」

「俺、俺も……好きですから」

太陽のせいだけじゃなく、顔を赤くして握った拳《こぶし》を震わせながら、水槽を見つめて新人が言う。俺の目を見る勇気はないのだろう。身じろぎしただけで、びくっと肩《かた》を震わせる。

「あのさ」

「な、なんですか⁉」

あからさまに怯《おび》えてる新人の顔が水槽に反映している。

「笹川の前の彼氏、ストーカーになったたって知ってるよな？」

以前に会社の前に車が停《と》まっていたとき俺が仕事仲間に事情を説明して、今度その車が来たら追い払《はら》うようにして欲しいと伝えた。だからそのことは新人も知っているはずだ。

「はい」

「先週笹川と二人でいたときにそいつとそいつの友達に襲《おそ》われたんだよ。もしかしたらまた襲いに来るかもしれない。笹川と一緒《いっしょ》にいたらお前まで巻き添《ぞ》え食うかもしれないけど、それでもいいのか？」

新人は俯《うつむ》きながらも強く頷《うなず》く。

「やめとけよ。お前、そういうの得意じゃないだろ」

瘦《や》せてひょろ長い体は暴力に慣れているようには見えない。

俺は慣れているから殴《なぐ》られたとしても上手《うま》い力の逃《に》がし方が分かるが、こいつがそれを知っているとは思えない。もしかしたら殴ったことも殴られたこともないんじゃないだろうか。

「確かに俺、佐伯さんに比べたら顔も頭も力も、全部負けてるかもしれないですけど。でも俺、笹川さんを想う気持ちは誰にも負けませんから。俺は、二股とか、絶対しませんから」

「そうか」

腕時計に目を落とす。そろそろ休憩も終わりだ。

水槽に背を向けるときに、言いたいことを捲《まく》し立てて、まだ興奮ぎみの新人の肩を軍手をはめた手でポンと叩く。それだけで、新人はびくりと猫《ねこ》みたいに飛び上がった。

「今日、笹川を送る約束してるんだけど、用事が出来たから……お前が送ってやってくれるか？　お前さえ都合がいいなら、今日だけじゃなくしばらくは」

「……え？」

「もし前の彼氏が来ても、ちゃんと逃げないで守ってやれよ？」

「あ……はい！」

一瞬戸惑《いっしゅんとまど》ったようだったが、それでも力強く頷いた新人を見て、後は笹川次第《しだい》だと思った。

あの新人の想《おも》いが実るかどうかは知らないが、真剣《しんけん》に誰《だれ》かを想う姿は応援《おうえん》したくなる。

きっと、自分も恋《こい》をしているからだろう。

午後の仕事が終わってから、事務所に帰る車の助手席で緒方にメールを打つ。

予定がないなら、時間があるなら、迷惑《めいわく》じゃないなら、そんな言葉を付けずに素直《すなお》にただ「いますぐ会いたい」と送る。

女々《めめ》しく甘えても受け止めてくれると言ってくれた。

その言葉を信じられなければ、この先もまたすれ違《ちが》ってしまうような気がする。

だから何も誤魔化《ごまか》さずに気持ちを告げる。返信が届いたのはその五分後だった。

少しでいいなら時間を作って一度家に帰る、という緒方からのメッセージにそれでもいいと返す。

一度家に帰って着替えた。

とりあえず今暮らしているマンスリーマンションは月単位よりも家賃が割安な半年契約《けいやく》を結

んでいるので、十月末までは今のところで暮らす予定だ。十一月からは緒方のマンションの余っている部屋を使わせて貰《もら》う予定で、少しずつ物を運び込むつもりだ。順調にいけば、業者を入れなくても引っ越《こ》しが完了《かんりょう》するかもしれない。

とりあえず今日は冬服を持って電車に乗る。乗り換《か》えの時、視界の端《はし》を知っている顔が横切った。じっと見つめていると、相手も気づいて俺を見る。

「う、うわぁっ」

まるで化け物でも見たかのように笹川の元彼は後ずさりすると、自分の足に縺《もつ》れてそのまま後ろ向きに倒《たお》れる。すぐに起きあがって逃げていく男を、追いかけるつもりはなかった。

先日緒方に教えて貰った台詞《せりふ》を思い出すと、その反応にも幾分納得《いくぶんなっとく》が出来る。

「確かにあんなこと言われたら怯えもするよな」

気の毒に思いながら、緒方のマンションに向かう。

仕事場からは少し遠くなるが、不満はなかった。緒方は家賃は入れなくて良いと言った。食い下がる俺に、拗ねた顔をして「すこしは甘えてくれませんか？」と口にした。

『学費のことも、生活費のことも少しは甘えなさい』

諭《さと》すような口振《くちぶ》りでそう言う緒方に押し切られて、結局家賃の件は無しになった。

もしかしたら、学費も足りない分は緒方に借りることになるかもしれない。そうなったら何年かけてでも必ず返すと約束した。

『それもいいかもしれませんね』

緒方は苦笑《くしょう》しながら『もしもあなたの気が変わっても、そういう繋《つな》がりがあれば、簡単には断《た》ち切れないでしょう？』と言った。

『呆《あき》れますか？』

そう不安げに尋《たず》ねられたときに、思わず緒方がいつも俺に向かって言う台詞を口にしてしまった。そんな有りもしないことに予防線を張る緒方がかわいいと思ったのだ。

尤《もっと》も、次の緒方の言葉は少しもかわいいとは思えなかったが。

『学費を返すというなら、大学を卒業して落ち着いてからで結構です。むしろ、お金ではなく体で返して貰っても一向に構いません。どちらかというとその方が嬉《うれ》しいです』

何を強要されるのか怖《こわ》いので、俺としてはその選択肢《せんたくし》は最後まで取っておきたい。

普段《ふだん》ですら死にそうに恥《は》ずかしい格好で、死にそうに恥ずかしい事を言わされることがあるのだ。それを考えると素直に金を払った方が良いような気がする。

先週末の事を思い返して、恥ずかしくなる。俺が誘《さそ》ったせいもあるが、まさかあんなことまでされるとは思わなかった。

「あの人、涼《すず》しい顔してえろいもんな……」

鍵《かぎ》は持っていたがマンションには入らずに、出迎《でむか》えたくて車庫の自動扉《とびら》の側で緒方を待った。

ガードレールに寄りかかり、空を見上げる。星はあまり見えないが、月はやけによく見えた。

明日も晴れるだろうか。

そんなことを考えていると、坂の上の方から近づいてきた車が傍《かたわ》らで停《と》まった。

「敬介」

声を掛《か》けられて振《ふ》り返る。運転席から緒方が顔を覗《のぞ》かせた。

「おかえりなさい」

そう声を掛けたら「ただいま」と微笑《ほほえ》んでくれる。

そんな小さなやりとりが一つ一つ嬉しくて、恋をしているのだと今更《いまさら》ながらに実感した。

あとがき

こんにちは、成宮ゆりです。

手にとって頂きありがとうございます。

佐伯の眼差《まなざ》しに誘惑《ゆうわく》され、手を伸《の》ばしてしまった方も多いと思います。


本作は前作『その男、取扱注意！』の続編となっております。

前回に引き続き、桜城やや先生にイラストを描《か》いて頂きました。

表紙や口絵から発散されている誘引《ゆういん》物質が、モノクロの挿絵《さしえ》からも大量に分泌《ぶんぴつ》されています。

緒方も佐伯も前回同様に素敵《すてき》です。高橋まで描いてくださり、ありがとうございます。

先生のイラストで高橋を見てみたいと密《ひそ》かに願っていたので、もの凄《すご》く幸せです。

お忙《いそが》しい中、引き受けてくださり、ありがとうございます。

前作のあとがきで緒方のことを狼《おおかみ》、佐伯のことを羊に喩《たと》えましたが、本作ではその傾向《けいこう》がより顕著《けんちょ》に表れています。若干《じゃっかん》狼が暴走気味です。

お互《たが》いがお互いを翻弄《ほんろう》しているので、二人が「らしくない」行動や思考に陥《おちい》っていく様を楽しんで頂ければと思います。

私が前作を書いたきっかけは「潜入捜査物《せんにゅうそうさ》が書きたい」という衝動《しょうどう》に突《つ》き動かされたからでした。

その後、続編の話を頂き、今度は「潜入捜査官と一般人《いっぱんじん》のすれ違《ちが》いが書きたい」という想《おも》いが芽生え、本作に至った次第《しだい》です。その想いが達成された今は、いつか「元ヤクザの八百屋店主の話が書きたい」とこっそり思っています。

ところで作中に出てくる「キッシンググラミー」のエピソードですが、最初は私も雌雄《しゆう》の愛情表現だと勘違《かんちが》いしていました。事実を知ったときは着ぐるみの中身をうっかり覗《のぞ》いてしまったような、複雑な気持ちになった記憶《きおく》があります。

そんな私の切ない思い出はさておき、担当様が本作の途中《とちゅう》で交代されました。

前担当様とは一年程《ほど》の短い間でしたが、大変お世話になりました。数々のお心遣《こころづか》いありがとうございました。

そして新しい担当様、というか元担当様に再度担当して頂くことになりましたが、約一年の間に何の成長もしていなくて心苦しいです。

デジャヴかな、と思うような会話をさせてしまってすみません。


最後になりましたが、読者の皆様《みなさま》。

前作と併《あわ》せて読んでくださった方も、本作のみを読まれた方もいらっしゃると思いますが、如何《いかが》でしたでしょうか。

前作から時間が余り経過していないので、未《いま》だに二人が新鮮《しんせん》というか、多少ぎこちなさが残っています。

それが良いのか悪いのか、その辺りは読者の皆様に判断して頂きたいと思います。

いつも叱咤《しった》激励《げきれい》のお手紙ありがとうございます。心の切削油《せっさくゆ》です。

それでは、また皆様にお会い出来ることを祈《いの》って。

平成二十一年七月

成宮ゆり

KADOKAWA RUBY BUNKO

その男《おとこ》、侵入《しんにゆう》禁止《きんし》！

成宮《なりみや》ゆり

角川ルビー文庫　R 110-9　15867

平成21年9月1日　初版発行

発行者――井上伸一郎
発行所――株式会社角川書店
東京都千代田区富士見2-13-3
電話/編集(03)3238-8697
〒102-8078
発売元――株式会社角川グループパブリッシング
東京都千代田区富士見2-13-3
電話/営業(03)3238-8521
〒102-8177
http://www.kadokawa.co.jp
印刷所――旭印刷　製本所――BBC
装幀者――鈴木洋介

ISBN978-4-04-452009-0　C0193　定価はカバーに明記してあります。